〔復刻版〕

薄暮《はくぼ》攻撃《こうげき》

松村益二

ハート出版

薄暮攻撃

わが友　偉大なりし文学青年 橋本久雄、
勇敢にして優美なりし陸軍歩兵大尉 新階基、 同米沢百合市、
同寺井公、 同中尉田中虎雄の五柱の霊に捧ぐ。

著者のメモ

僕は一等兵が好きである。僕が歩兵一等兵ではあるが、戦場の一等兵の義理人情は、こよなく美しい。一等兵の友情の中で、僕が戦争をすることが出来たのは、どうしても忘れることの出来ないことがらである。

一等兵には、いろいろな人間が生きている。僕はその生きている美しい一等兵を、いろいろと描《えが》きたいと思った。しかし、じっさい出来上がってみると、同じ色の軍服を着た一等兵にすぎなかった。ざんねんなことであるが、どうにもいたしかたのないことである。

さて、この本には、前著「一等兵戦死」以後の戦争に関するものを収めた。これらの作品には、いいものもわるいものも入っているが、いずれも僕にとっては、生死を的にしての後に生まれたものだけに、すてがたいので、集録したのである。そうしてこの大部分は「文藝春秋」「オール読物」「話」「ホーム・ライフ」などに一度発表された。しかし、今度集録するにあたって、加筆改訂をほどこした。「一等兵の戦線」のごときは、発表当時五十余枚のものであったが、ここでは百余枚にもなっている。だが、何にしても短い期間のことではあり、新聞記者という本職のかたわらの仕事でもあるので、それはじつに荒っぽい改訂である。なおこの本の中の童話風の作品、童謡風のものは「大毎小学生新聞」に、子供のために書いたものであるが、やはり前記の意味で収めることにした。挿入の写真は、一等兵の僕が撮ったものである。

この本は、一月上旬上梓の予定であったが、本職の方に追われたり、病気になったり、またついなまけたりして、こんなにおくれてしまい、春秋社にたいへんな迷惑をかけてしまった。しかし、神田さんは僕に対しては親切にして下さった。まったく感謝に余りある。ここに識《しる》して今後の戒めにする次第である。

昭和十四年二月三日

大阪毎日編集局の一隅で識す

松村　益二

上海戦 東部竹園にて（『一等兵戦死』より）

目次

『薄暮攻撃』春秋社版

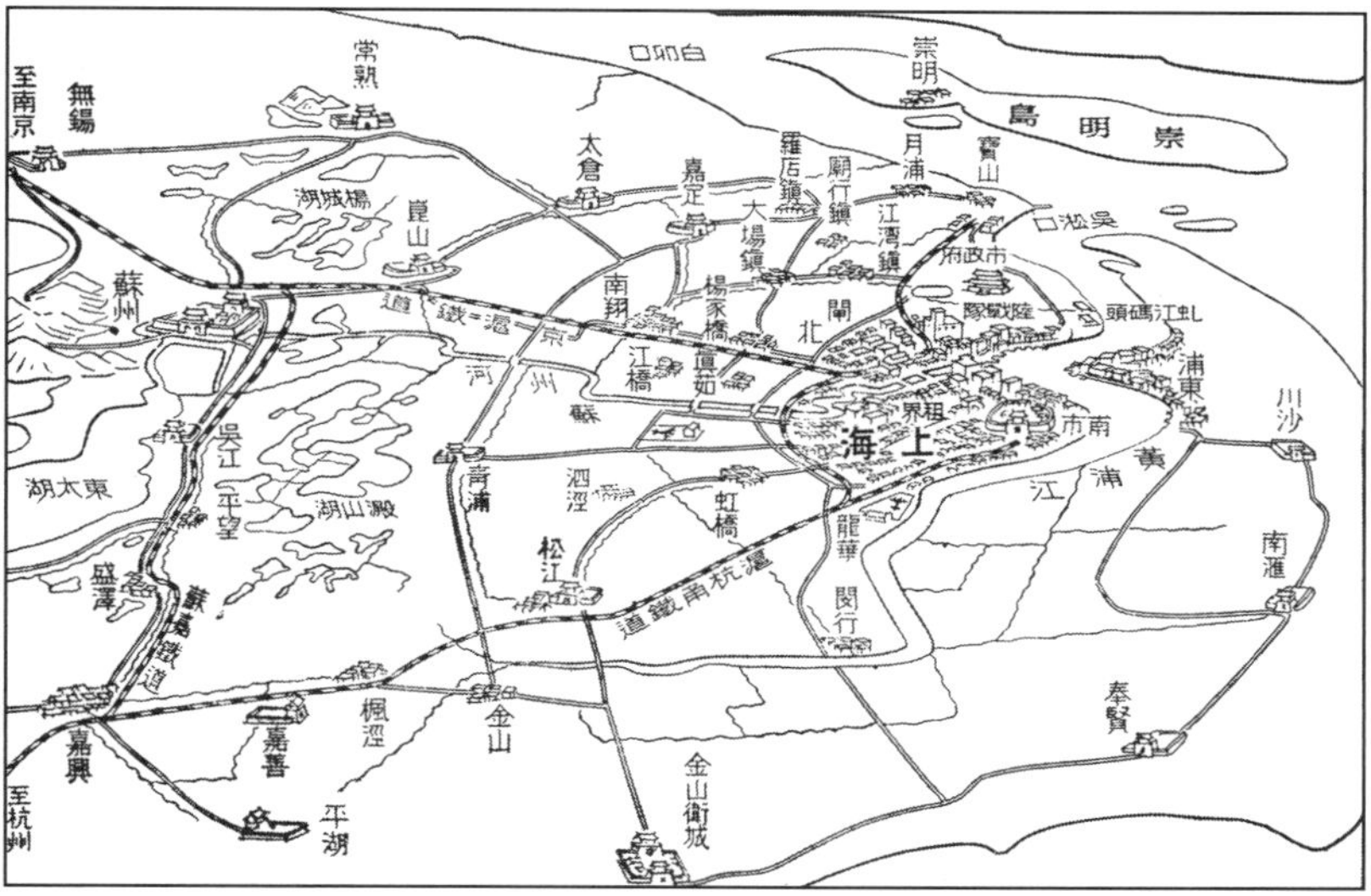

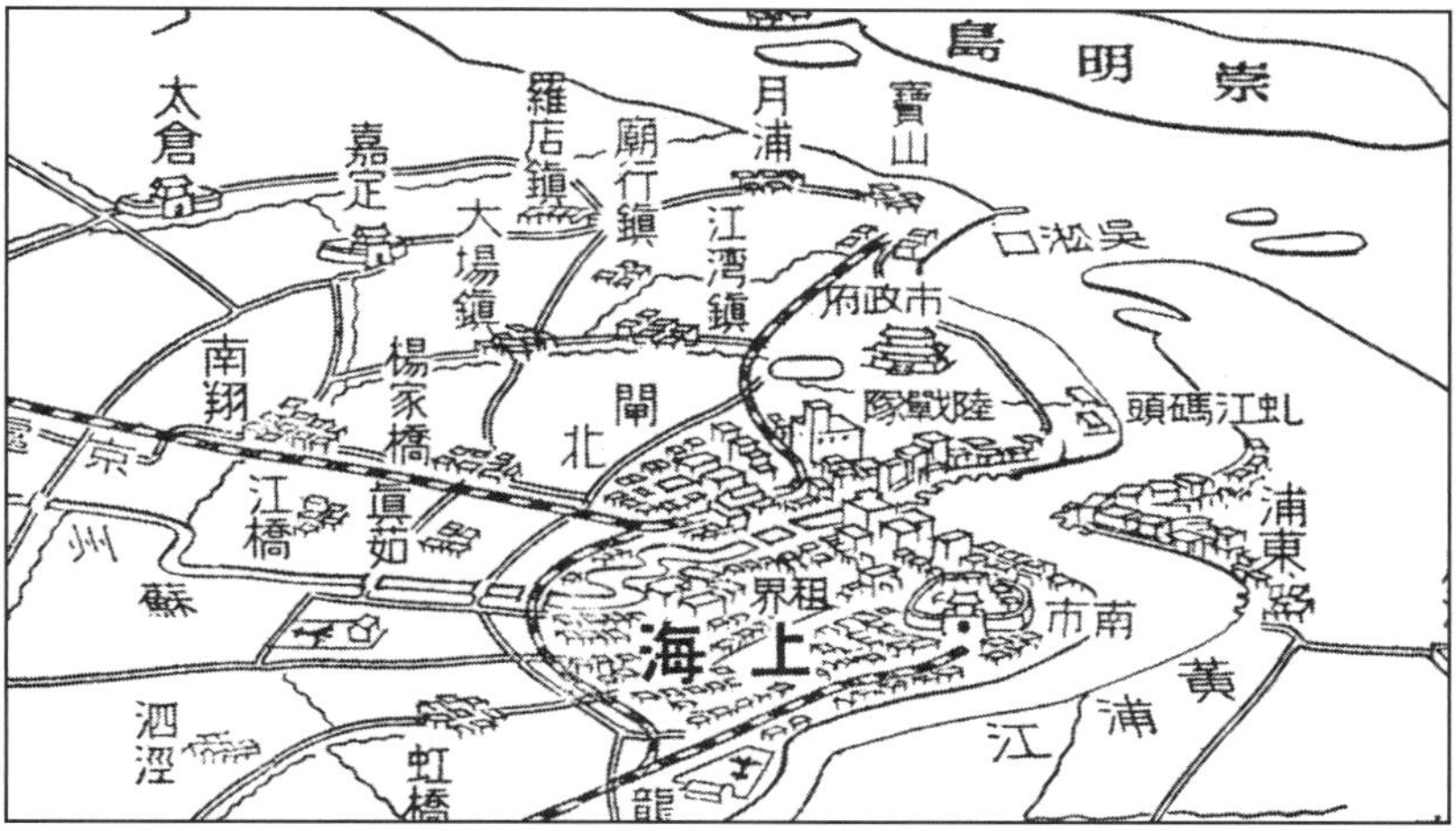

上海付近の鳥瞰図（当時）（『支那事変戦跡の栞』陸軍恤兵部・昭和13年）

凡例

一、本書は、春秋社版『薄暮攻撃』（昭和一四年二月二〇日発行）を底本としました。
一、原則として、旧字は新字に、旧仮名づかいを新仮名づかいに改めました。
一、文章を読みやすくするため、一部の漢字表記を平易にし、句読点の整理などを行いました。
一、原本のふりがな（総ルビ）を整理し、難読と思われる漢字にのみ、改めてふりがなを加えました。
一、明らかな誤字脱字は訂正しました。
一、編集部で補った注は〔　〕で括りました。
一、巻頭に掲載した著者近影、春秋社版の書影、上海付近の地図は、編集部で補いました。
一、原本に収録された著者撮影の写真のうち、不鮮明なものは一部、割愛いたしました。
一、本文中、現在では不適切と思われる表現がありますが、著者が故人であること、時代的背景と作品の価値に鑑み、そのままとしました。

〔編集部より〕
当社で復刻を希望される書籍がございましたら、本書新刊に挟み込まれているハガキ等で編集部まで情報をお寄せください。今後の出版企画として検討させていただきます。

一等兵の微笑

1

迫撃砲弾で出来た屋根の穴から、冷たい雨が寝ている僕たちに降りかかり、贅沢《ぜいたく》に敷きのべた棉花《めんか》もぬれてじゅくじゅくしている。弾丸《だんがん》と砲の音と、それに似つかわしくもない、静かな雨の音がしていたが、歩哨《ほしよう》に立った疲れで、ぐっすりと眠ってしまった。

冷たさが身にしみるので眼をさますと、ピュウンピュウンという頼りないまぐれ弾丸《だま》の音にまじって、ポンポンと柏手《かしわで》をうつ音がきこえて来た。出入り口をふさいであった莚《むしろ》や戸板がとりのけられていて、寝ながらあたりの風景が見渡せた。室内は泥と民家のガラクタとで乞食《こじき》小屋《ごや》ほど汚い。よくもこんなところで眠れたものだと、いつものように思う。ぬれた軍服や軍靴《ぐんか》が冷たくて重い。しかし、外はいい天気だった。うっすらと朝日が畑にさして、霜《しも》をおいた野菜が光り、ずっと後方の部隊本部のある森がむらさき色にかすんでいた。この民家の一郭の支那《しな》井戸で、二、三人の兵隊が顔を洗って、今日様《こんにちさま》〔太陽〕を拝《おが》んでいるのだ。手拭《てぬぐ》いを腰にぶら下げ、上衣《うわぎ》をとって、巻脚絆《まききやはん》をとって、戦闘帽をかぶっている。平和な村のありさまのようだった。柏手をうって、まだ祝詞《のりと》をとなえている兵士がいる。

僕は起き出して戸口にもたれ、しばらくそんな風景の中に沈んでいた。なんともいえぬ、しみじみとしたいい気持ちだった。

――ふるさとは遠くにありて思うもの……。僕の横に寝ていた伊賀新一一等兵が、いつものようにこんな文句をつぶやいて、大きくあくびして起き上がった。

「何を見てるんだい」

彼は僕の肩に手をかけて、よりかかるようにして外を眺めた。垢《あか》というよりも泥で化粧したような彼の顔には、目くそがたまっていた。

「やれやれ、大隊長の奴《やつ》、鉢巻《はちまき》をねじ上げてる」

彼はこういって大きくまたあくびした。

大隊長こと須山《すやま》上等兵は、鉢巻をして支那兵の鉄かぶとに腰をかけ、きせるで煙草《たばこ》を喫《す》っていた。彼は川港《かわみなと》の荷揚げ人夫の頭《かしら》みたいな仕事をやっている男で、豪儀な兵士だった。彼の持っている日章旗に、日清戦争に大隊長で出征したという、小さな船会社の取締役の寄せ書きがあり、これを自慢にしていたので、大隊長の渾名《あだな》があるわけだ。

しかしそれだけではない。

「兵は病気になるとつらかろう」と図嚢《ずのう》にいっぱいいろんな薬をつめこみ、いつもやっこらさと運んで人情大隊長とみずから称して、川端良助一等兵を「おれの副官じゃ」と、もともと彼の手下であった力持ちのその男をひきつれていた。

けれども、このごろの自称大隊長は淋しそうだった。いまもああして、背中を丸くし、きせるで一服すいつけている姿は、なんとなく影がうすかった。朝の陽《ひ》もさむざむとしている。川端一等兵が戦死したからなのだ。

「ほう、今日様を拝んでる兵隊さんもいる。雑木林は朝靄《あさもや》にかすんでいるし、なんだか内地の田舎《いなか》みたいじゃないか」

伊賀一等兵がつぶやいた。

「うん、いいね」

柄《がら》にもない彼の言葉にこう答えて彼の顔をみると、待っていたというように、

「ねえ、そうだろう。ふるさとは遠くにありて思うもの……。実はね、昨夜《ゆうべ》も女の子の夢をみた」

こういって、彼は笑った。

「それだったら、もうたくさん」

僕が顔をそむけると、

「まあ、そういわないで、聞いておくれよ」

彼は僕の顔をのぞきこむ。彼の女の子の夢の話は毎朝なのだ。民家の中で眼がさめても、塹壕《ざんごう》の中で眼がさめても、行軍の途中でも、まず朝だったらこの話が出る。

「君の女の子の話より、風景の方がいいよ」

いい景色だ。いい景色にうっとりとしながらも、僕は股ずれのことを考えた。予備隊になって二日目の朝だ。もういいかげんに治ってくれなければ、次の前進のとき、行軍のときのつらさったらないだろう。

「おはようございます」

大北定二《おおきたさだじ》一等兵が、どろどろに泥でよごれたタオルを肩にかけて、手を前膝まで下げてお辞儀した。僕の家の近所のかまぼこ屋さんの彼には、まだかまぼこ屋さんの癖《くせ》がぬけないのだ。

伊賀が僕の横にいるのに気がつくと、ちらと顔をくもらせたが、

「新《しん》さん、おはよう」

と声をかけた。

「ああ」

伊賀一等兵は、めんどうくさそうにいうと、大きくわざとらしいあくびをして外へ出て行った。そして彼は「須山大隊長上等兵」のところに行き、須山のきせるで煙草をすいながら、二

人で何か笑い出した。

大北一等兵は、しゃがみこんで、かなしそうに、ぼんやりとその二人を眺めた。

2

戸口の柱には、何か文句を書いた赤い紙が貼ってある。僕はそれをひっぱがしながら、大北を見た。と、大北は顔をふりむけて、ちょっと笑い、

「朝っぱらから、愚痴じゃないんですが、新さんとは従兄弟《いとこ》どうしなのに、どうしてああなんでしょうね」

といった。

「私は新さんのように、学校も出てませんし、新さんの家《うち》みたいに、いい家に生まれて来たんじゃありませんが、何しろ従兄弟どうしですから、戦場ですもの、なんとかねえ。どうも弱気じゃありませんが、戦死をするにも従兄弟があぁじゃあ、心細いですよ」

淋しそうな笑顔だった。

「そんな……。僕はこう思いますね。二人とも性格が合わないんですよ。新さんはなんとなく

親しくするのが、てれくさいんじゃないですかね」

ただ出まかせに僕はそういって慰めたが、やっぱり心のうちでは、「それにしても、ほんとに親しく出来ないものかな」と思うのであった。大北の気持ちはよくわかった。

伊賀一等兵は僕と中学がいっしょだった。育ちのいいだけにのんびりしていて、気持ちのいい男である。テニスの選手で、よく彼の家で売っているラケットを持ち出しては、おやじに叱られていた。運動具店の次男坊で、閑《ひま》つぶしにつとめている市役所の雇《やと》いであった。彼のいう女の子は同じ課のタイピストで、面長《おもなが》の可愛《かわい》い少女で、ただ戦場のちょっとした冗談に、彼女の夢が出てくるだけのことである。従兄弟の大北は、真面目《まじめ》な働き手で、感心だという評判だった。僕の家の食膳にのぼるかまぼこは、たいてい大北かまぼこ店の作品であった。

——それにしても、久しくかまぼこの匂《にお》いを嗅《か》がないな。

「どうもつまらないことを申し上げて……」

大北一等兵はこういって、思いきったように立ちあがり、足もとにころがっている支那兵の鉄かぶとを蹴った。鉄かぶとはころころと転がった。そこに、支那兵の死体を埋めてやった塚があった。塚の土は黒々と湿《しめ》っていた。

「朝飯の準備でもしましょうか」

僕は冷たい上衣をぬぎ、柱の釘にひっかけると、そこらの木片《きぎれ》を拾いあつめて、火を燃《も》した。他の分隊の兵隊も朝の炊事の準備をはじめる。煙が部屋の中にただよいだした。

「おい、誰か野菜をとって来いよ」

「お前行け」

野菜をとりに行くのも、いのちがけである。

「おらが行こう」

奥良兵蔵《おくらひょうぞう》一等兵が気がるく立ち上がった。おのおの靴下の中に入れた米を出し合って、支那鍋にうつす。

「おーい、須山、伊賀ァ。米を出せよう」

まだ煙草を喫って話し込んでいた大隊長上等兵と伊賀一等兵を誰かが呼んだ。

やがて荒っぽい朝食の炊事がはじまる。奥良一等兵がとって来た野菜を、ナイフで切る。分隊の兵隊が、野菜を入れたざるを中心に、土間に坐り込み、馬鈴薯《じゃがいも》や、玉葱《たまねぎ》を切るのである。

「もう女房なぞいらんな」

「おれは凱旋したら女房を離縁するよ」

「かぼちゃの水だきばかり食うつもりか」

「支那の玉葱は色がへんだな」

「おい、なんだ、もっと小さく切れよ」

雑談をかわしながら、こうして炊事をすることは、たのしいひとときだった。男ばかりで、ままごとをやっている、こう、なんとなくおかしいような、涙ぐましいほろ苦さがあった。

「味噌汁の中へ山羊《やぎ》を入れたらどうだろうね」

伊賀が急にこんなことをいった。この僕たちのいる部落にたった一匹山羊がいて、メエメエと逃げまわっていた。

「よした方がいいぜ。なるべく生き物は殺さんこった」

「須山上等兵大隊長」がいった。川端一等兵戦死の前なら、いちばんに賛成するにちがいない須山だったが、まったく彼は神妙だった。

「山羊なんて可哀《かわい》そうだよ。メエメエと、ありゃ可愛いじゃないか」

小島という兵士がいった。伊賀はちょっと出鼻をくじかれたかたちだった。黙って玉葱を切っていた大北が彼の方をちらっとみた。運悪く二人の視線が合って、二人の顔に反発する表情がうごいた。そんなことにおかまいなしに、とっぴょうしもなく奥良兵蔵が、いかにもいいことを思いついたといわんばかりに、

「おらの戦友も戦死したわい。山羊が死ぬのはあたりまいぞ」

といって、得意らしく笑った。そこで彼は自慢らしくいった。

「なんなら、おらが料理しようかい」

「よそう」

伊賀が叫んだ。

3

欠けた支那茶碗や、飯盒《はんごう》なども洗って、炊事のあとの火のぐるりに陣どって、大切なうまい煙草を喫うと、例によってとりとめもないおしゃべりが湧き出してくる。予備隊でいるときでなければ生まれて来ない、飯のあとの、のんびりとした「時」なのである。

話はふるさとのことだ。

やがて女房の話になる。

「はじめて、見せるんだぜ」

「須山大隊長上等兵」が、てれかくしに大きく威張ってみせて、ポケットから手帳を取り出した。みんなの目がその手帳と須山の汚い手に集まる。

「ほら、どうでい。シャン〔美人〕だろう」

手帳の中ほどに、写真が貼りつけてあるのだ。

兵士たちは身体《からだ》をその写真の方にねじまげて、のぞきこみ、それぞれにしゃべり合った。

「手帳の中を見ちゃいけないぜ」

須山は写真の反響に満足したようにいった。

「うん。眼がいいね。眼が……」

その手帳が僕のところへまわってきたときには、もうみんなの話はよそへそれて、浪花節《なにわぶし》語りの批判に移り、流行歌の批評がはじまっていた。

その写真は、粗末な背広をかた苦しく着た、頭の髪をわけている須山と、その妻らしい女が、ペンキ絵のような窓と庭を背景にしてうつっていた。彼の妻も、いちばん上等の着物なのだろう。晴れやかに、そして夫婦とも怒ったようなかたい表情で、四角ばっているのである。

「出征記念でしてね」

須山が僕に説明した。おそらくこの写真の裏には「出征記念、昭和十二年何月何日、夫何々何歳、妻何々子幾歳」というようなことが書かれてあるにちがいない。

「ほう」

僕はこう答えた。――これが最後の写真となったらどうだろう。ふっとそんなことを思い、そしてとんでもないと須山のためにうち消した。

手帳を須山に返そうとすると、

「おらにも、見せな」

と軍靴の泥を左手でこすり落としていた奥良兵蔵が、大きな手を横合いからつき出して、

「いよう。色男《いろおとこ》じゃわい」

とっぴょうしもない声で叫んだ。

「うん、これはええ夫婦じゃ。いまごろこの嫁はんはどうしとろかと思えば戦友、のう、懐しかろが」

奥良はうれしそうに、こう云って須山の方をみて笑った。彼はこういってしまってから、自分の妻のことを当然思い出したにちがいない。そっと僕にささやくようにいった。

「のう戦友。すまんがまた一筆たのむぞや」

このとき、銃声がつづいて起こり、次々とにぶくひびいた。みんながふっと外をみると、たった一人、井戸の横に伊賀新一一等兵が伏せているのだ。意地悪なことに、まぐれの流弾が彼の

附近に集中して落ちるらしい。彼は伏せの姿勢で飯盒を持っていた。いかにも滑稽《こっけい》なかっこうだった。みんなは笑いながら叫んだ。

「おーい、思い切って走って帰れ」

この声に伊賀一等兵は、こっちをみて情《なさ》けないように笑った。

「走れ。危《あぶ》ないぞ」

伊賀は走ろうと思っているらしいが、思い切りがつかないらしい。こんなのんびりした時間に思わぬ弾丸の集中では、誰だって戦線の新入生のようになるものだ。

いままで黙ってみんなの話をききながら、支那兵の弾丸《たま》でパイプをつくっていた大北は、急に立ち上がって怒鳴った。

「新さん、危ない。走れったら、走れッ」

大北一等兵の眼は血走っていた。そしてまだ伏せている従兄弟がじれったくなってたまらぬという風だった。それは真実、血のつながりを持つ者の必死の心と、誰にもうつった。みんなは、この大北の真実の声に笑いをひそめ、じっと伊賀一等兵の方を見守った。

幸い銃声はやんだ。みんなはほっとした。伊賀一等兵は前をべたべたと泥だらけにして、飯盒をぶら下げて帰って来た。てれくさいように、にやにや笑いながら、黙って火のところに坐った。

「新さん、あんなときは思い切って走らなきゃあ、危ないじゃないか」

大北はまだ興奮を残していった。伊賀は黙って大北の方を冷たくちらりと見ただけだった。大北は、じいんとしたように黙ってしまった。——どうしてこの従兄弟どうしは、こんなに気持ちが溶け合わないのだろう。僕は憂鬱《ゆううつ》な気持ちになってしまった。

「やれやれ、無事でよかったよ」

須山上等兵が人の好《よ》さそうな笑顔でいった。

「まこと、そうじゃ。飯盒を洗うとって戦死は困るぞ。のう戦友」

奥良が伊賀の肩をたたいた。

「うふふ。仏《ほとけ》になるところだった。やれやれ、それをみんなが笑うんだからねえ」

伊賀は僕の方をみて笑った。僕は返事をしなかった。——ひやかさなかったのは、心から心配したのは、誰だ。僕はかるい義憤をさえ感じて、そっと大北の方をみた。大北は黙ってパイプをつくっていた。

「ふうん。仏か。仏とな」

とつぜん、奥良がひとりごちた。

「うん、そうじゃ。おらは忘れとったわい。実はのう、戦友。おらがさっき野菜を採りに行ったとき、仏さんが畑の中に転がっとったわい。もったいないことじゃ。のう、おらは飯を食うたら仏さんをお迎えに行こうと、こう思うとったんじゃ」

そして奥良兵蔵は立ち上がった。

4

奥良兵蔵が、仏さまをお迎えに行った留守に、命令が来た。

大北一等兵らの分隊は、後方へ糧秣《りょうまつ》〔食糧〕受領に、僕たちの分隊と須山らの分隊は協力して、小さな小屋の下士哨《かししょう》の位置に至る壕の修理をせよというのだった。僕たちは、さっそく小円匙《しょうえんび》〔携帯用の小型シャベル〕を持って出かけた。

その壕は支那兵のものだった。そして、その端《はし》は昨夜、僕が歩哨に立った位置である。夜の闇につつまれた、ぐうんと迫ってくるような風景とはまるで関係のないような面《つら》がまえの、蕭々《しょうしょう》たる〔ものさびしい〕戦場だった。

壕の中には水がたまって、下手《へた》に足をつっこむと、こぼこぼと軍靴が泥の中に吸いこまれてしまう。深さはちょうど頭ぐらいで、すぐ眼の前に、支那兵の挿《さ》した偽装の樹《き》や草が枯れて、風にかさかさと鳴った。空はうすぐもりで、ときどきぽっと陽がさした。地上は棉畑《わたばたけ》が周囲につづき、ぽつんと、下士哨の位置になる小屋があった。

おのおの分担をきめて、修理にとりかかる。修理というのは、壕の水たまりに土をはねこみ、うまく歩けるようにすればいいのだ。壕の壁になっている土を、小円匙でこさげ落としたり、掩蓋《えんがい》になっている戸板のようなものを、水たまりの上に渡したりすればいいのだ。

壕の横っ腹に、かがんで入れるくらいの穴があり、穴の奥はひろがって、一畳くらいの洞穴《ほらあな》がつくられている。その中には支那美人のポスターや、魔法壜《びん》や、洗面器がころがっていたりした。こんな洞穴がいくつもあった。

「チャン〔中国または中国人を指す〕の将校がこの中にいたんだろう」

そんなことをいいながら、洞穴をみつけては、いろんなものをひっぱり出す。

「おい、傘が出て来たぞ」

ほんとうだった。番傘のような傘が出て来た。発見した兵隊は上機嫌だった。傘をさして、壕の中を歩いてみる。

「雨が降ればいいんだがなあ。傘にあたる雨の音って、そりゃいいからな」

「なるほどね。漫画に、支那兵は傘をさして戦争するのが描《か》いてあったが、まんざら嘘でもねえんだな」

大隊長こと須山上等兵が、小円匙の手を休めていった。そして彼は、休憩しようぜと、きせるを出して吸いはじめた。僕も彼の横に坐りこんで休憩した。

「紅葉潟《もみじがた》の奴、困ったもんだ」

須山は、半分は僕に責任があるといった口調で、こういって僕の顔を見た。

「まったくね」

僕は仕方なくこう返事した。奥良のことなら、僕の方へ尻を持ちこまれても仕方がないのだ。それは、須山の戦死した副官のような存在、川端一等兵のような、奥良兵蔵こと紅葉潟だったからである。

「ときに、仏さんを持ってくるなんて、縁起でもねえと、思うんだがね」

須山は、分別《ふんべつ》くさそうにいうのだった。べつに縁起をかつぐ気持ちが、はっきりと、僕たちにあったわけではないが、そんな風にいわれてみると、なんとなくもっともなような気もしたので、僕は黙ってしまった。そして変に陰気な気持ちになってくるのだった。

「奥良はあれでいいんだが、伊賀には困るね」

須山はまた別のことをいい出した。

「伊賀ものんきで愉快な奴だが、従兄弟どうしだっていうじゃないか。従兄弟といちばん気が合わねえ、こいじゃよくねえな」

「そうだよ。僕は二人ともよく知ってるから、なお困るよ。須山、お前なんとか伊賀にいってくれないか」

僕はいまのさきまで、二人のことを考えていたのだし、何とかうまく出来れば、この上もないことなのだから。それにこんな役目は須山に適任だと思ってこう返事をした。

「いおうか、おれが。でもお前さんを差しおいちゃ悪いと思ってね。じゃあ、何とかいってみて、仲良くさせてみようか」

須山はこれでほっとしたというようにのびをして、きせるをしまいこんだ。

「頼むよ」

僕も小円匙を持って立ち上がった。何かしら責任が解除されたように、ほっとした気持ちだった。

僕はふたたび作業にとりかかった。こんな風な仕事はなれないので、なかなかうまくいかなかった。それでも汗が額に流れ、手が土によごれることは、ほのぼのとした明るいものだった。

掌《て》がぴりぴりと痛む。

ときどき思い出したように、にぶい音をたてて弾丸が飛んで来た。

そのうちに、僕は今朝から糞《くそ》をしていないことを思い出した。すると、どうしても排泄したくてたまらなくなった。壕の外にはい出して、小さな木のあるところへしゃがみこみ、その木につかまって身体を楽にした。棉の木がざざざと風に鳴って、尻が冷たい。砲弾と火にやけくずれ、黒くいぶった家やその白い壁を眺め、初冬のうす陽さす戦場での野糞《のぐそ》はいい気持ちだった。何か鼻歌でもうたいたくなるほどだった。やわらかい、血のまじった糞ではあるが、ぬくぬくと白い湯気《ゆげ》が立って、その匂いすらもなつかしい感じなのである。

5

正午近く、壕の修理を終えて帰ってくると、たった一人、奥良兵蔵が火のそばに、あぐらをかいて坐っていた。

「仏さんはどうしたい」

伊賀がたずねた。奥良の周囲どこをみても、仏像らしいものはなかった。

「うん。お納めしてあるわい」

奥良は部屋の隅っこにおいてある外套《がいとう》をとりのけた。

「むき出しておくのは、もったいないからのう」

泥にまみれた外套の下から、一尺五寸くらい〔約45センチ〕の金色の坐像があらわれた。〔一尺は約30センチ。一寸は約3センチ／以下同〕

「ほう」

みんな、奥良が勝手にいなくなったことを、とがめるのを忘れてしまって、仏像を眺めた。

「ありがたい仏さんじゃろ」

奥良は手を合わせて拝んだ。

「みんなも、拝みな。ほれ、こないに金色に光っとる。よっぽどあらたかな仏さんぞ」

僕は仏像には興味がないので、棉花の上にひっくりかえって、眼を閉じた。兵隊は、口々になにかいいながら仏像をみているらしい。

「おい、伊賀、ちょっと」

「須山大隊長上等兵」が伊賀をよんだ。さっきのことなのだなと思って、僕はやはり眼を閉じていた。

「何か用かい」

伊賀は気軽く須山について行ったらしい。

「ふるさとは遠くにありて思うもの……か」

こんな声と足音が遠のいた。僕はそのうちに、うとうとと眠った。いくら眠っても眠り足りない。眠り足りないけれども、ぐっすりと眠れない。

しばらくすると、大北たちの糧秣受領の連中が帰って来たらしい。がやがやと兵隊のおしゃべりと足音が僕の頭もとでした。

「いよう。御苦労」

僕はこういって起き上がった。

「何かいいものは、来たかい」

「牛缶、米、梅干、味噌。それから煙草が一人に五本ずつ、キャラメルが三粒ずつ」

一人の兵士が返事した。そして、まだあるぞといった表情でにやりと笑いながらつづけた。

「鯛《たい》だよ。うす塩の鯛が一人に半尾《びき》ずつさ」

「鯛、いよいよだな」

どういうわけか、鯛の身が戦線につけば、攻撃前進が開始されるのだ。奥良の仏像に集まっていた兵隊は、到着した糧秣に集まって来た。

「ほう、鯛か。いつだろう。前進は」

「今日じゃないだろう」

「案外、今夜あたりかも知れないね」

天幕《てんと》に米が移され、飯盒の蓋でそれぞれ分配される。牛缶は二人に一個ずつ、梅干、味噌は各人に持つ、煙草はルビークイン〔煙草の銘柄〕。

ざわめきの中で分配が終わり、昼飯だ。鯛はおのおの兵士の好みに調理される。

僕は奥良と二人で、焼くことにきめた。

「いいものがあるんです。分けましょう」

大北がそっと僕の袖をひっぱった。ハトロン〔ハトロン紙〕の封筒を取り出して、僕の掌に半分ばかりさらけ出した。あおいあおい色をした、日本の茶の葉だった。

「私の出入り先の料理人に逢いましてね。特務兵ですよ。貰《もら》ったのです」

僕は黙って、その茶の葉を一つつまんで、口の中に入れた。カリカリと噛むと、茶のほろ苦い甘さと匂いが、口の中にぼうっとふくらんで行った。

しばらくすると、――もう飯が出来上がるとき、伊賀新一一等兵と須山上等兵が帰って来た。

二人は何でもないような顔をしていたが、僕はなんとなく気まずい思いだった。

「めし、ちゃんとこさえて〔作って〕いるぜ」

僕は伊賀にいった。

「すまん」

彼はただこう答えて、彼のうしろに立っている須山の方をふりむいて、

「お説教されたよ。大隊長に」

と、案外ほがらかに笑った。

「めし食いながら話そうや」

「そうしよう。ただし、今朝、女の子の夢の話を話さなかったから、おれはその話だよ」

伊賀はのんきそうにそういった。須山がうまくやってくれたのにちがいない。

「どうだ」

僕はまだ手に握っている茶の葉をみせた。

「いよッ。これはすばらしい」

伊賀は眼を輝やかせた。

「大北に貰ったのさ」

「おれも貰おう」

彼はこういうと気軽に、大北の方に近づいて行った。

「少しわけろよ、茶の葉をよ」

大北一等兵は、眼をバチバチとさせたが、
「なんぼうでも」
と、うれしそうに封筒をかたむけた。

6

僕たちの想像した通りだった。その翌日、前進命令が下った。天候は昨日とかわらなかった。奥良は仏さんを心配したが、そこへ置いて行くよりほかはなかった。

× × × ×

交通壕へ飛びこんだものの、ごぼごぼと、やわらかい土の中に、足をすいこまれてしまった。頭の上をピュッピュッと弾丸《たま》が飛んで行き、轟々《ごうごう》と戦車の走る音が響き、砲の音が耳の中にとびこみ、小銃と機関銃の音と、叫ぶ声が入りまじって荒れ狂っている。

誰かが僕の頭の上を飛び越えて走った。

「壕の中は、駄目《だめ》だぞ」

大声に僕は叫んで、まるではい出すようにして壕から地上に出ると、弾丸の音と、戦車と兵隊の走る中を走った。

「何くそ」

泥で、軍靴が、足全体が大地に吸われているように重い、重い。それでも銃を右手に、肩にかけた。がたがたと胸をうつ小円匙を左手につかんで、走った。走った。

僕の横を、大隊長の日の丸をつけた銃をにぎった須山上等兵が走っている。続くのは、大北一等兵だ。わが戦友《とも》奥良兵蔵は、もう前方のボサ〔草木が繁った場所〕によって、射っている。

戦車が射つ。響く。

ウワァーという声が左翼の方に挙がった。突っ込んだのだ。もう伏せることなぞ、どうでもよかった。浮き足だった敵の弾丸も少ない。走った。走った。

夕暮れだ。ぼッと戦場一帯が荒れ狂う中でかすんでいる。日の丸の旗と兵隊が、泥土を蹴って走る。戦車砲が火を吐くたびに、前面に、黒い土がはね上がる。

「第三分隊は右翼へ廻れッ」

大きな声が、戦場の音の中をつつぬけてくる。

「クリーク〔水路〕があるッ、工兵が橋をかけてある。右翼へ廻れッ」

横ッ飛びに走る。堤防を越えると、弾丸の中に工兵が褌《ふんどし》ひとつになってクリークの中に入って、橋をささえている。泥まみれで、仮橋の板がすべるのを、手で洗ってくれるのだ。プチュンプチュンと、工兵の裸の附近に弾丸が落ちる。

「すべるなよッ」

工兵が叫ぶ。

「ありがとうッ」

心いっぱいに答えて、すべり込みそうな、水面と同じ高さの仮橋を走る。対岸の堤防にとりつくと、僕は叫んだ。

「おーい、工兵さんはどこだッ」

一番岸に近い裸の工兵が叫び返した。

「徳島県三好《みよし》郡三名村《さんみようそん》」

「ありがとう」

僕はふたたび叫んだ。工兵の髭《ひげ》が笑っている。

「気をつけてやってくれ」

堤防を越えるうしろから、言葉がとんだ。

対岸でも、戦車が火を吐いていた。

敵は塹壕を捨てて逃げている。兵隊が、次々とクリークを渡ってくる。

「よおッ。いたか」

「いるぞ」

「よしッ」

戦友の顔、姿にまた新しい力が加わるかのようだ。

走って、戦車よりはるかに走って、支那人の塚に、どさりとよりかかる。呼吸が苦しい。

「よいしょッ」

誰か僕の横へやって来た。しかしもう誰だか見わけるよりも、呼吸をもとにかえしたかった。顔を土にすりよせて眼を閉じる。音と叫びの中で、じっと眼を閉じる。足、膝から下の重さは、他人《ひと》のもののようで、ぼてぼてしている。呼吸はどう静めようとしても、何くそッ、おれは鼻の穴で息をしてやるんだと頑張っても、自分でみっともないと思われるくらい、大きな口をあけて、肺臓の中がからからに乾いてしまいそうに、痛い大きい呼吸が止まらない。

そのあけた口の中へ、顔の汗が泥といっしょに流れこんで、じゃりじゃりして、いくらぺっぺっと吐いても駄目、それがまたいまいましいほど呼吸を苦しくした。——これは、へいぜいあんまりビールをのみすぎたせいだぞ。

また一人、兵士が塚にとびついて来た。

僕はまだ眼を閉じている。ふと、鼻をつく豊かな匂いがした。眼をあけると、苅られたあとへまた霜をのして、のびて来た青い麦だった。あおくさい匂いで、なんとなく子供のときの故郷の匂いのように思う。鼻とすれすれに、その青い麦がある。うすいやわらかい青さがぼっと眼の先に広がっているのだ。その下に、頬ぺたにすれすれに、黒いくうんとかおる土が湿り気をおびてあった。

呼吸が楽になった。

「煙草くれ」

僕はそのままの姿勢でいった。

「よし。そら」

伊賀だった。マッチをすってくれた。

「大北は？」

「あすこだ」

大北一等兵は、須山といっしょにボサに伏せていた。奥良は僕たちより数メートル前に伏せていた。

もう、戦闘は終わったのだ。夕ぐれの紫色の中に、敵のかすかなラッパの音がする。

僕は、敵の方にうしろをむいて、塚によりかかった。もう一人の兵士は知らぬ兵士だった。ぷうっと煙草を喫って、その兵士にまわした。兵士は黙ってちょっと頭をさげて喫った。

「ねえ、別に深いわけがあったんじゃないんだ。ただね……」

伊賀は急にこんなことをいい出した。

「従兄弟っていうと、妙に顔を合わせるのが、変なんだよ。他人どうしで兵隊は、仲がいいんだろう。兄弟以上、親子以上にさ。ところが、従兄弟という感じがあると、どうも変なんだよ。戦場って、おかしなところさ」

そういって、彼は微笑した。

「だろうとは思ってたんだが……。なにしろお前、君のような兵隊は……」

僕がいうと、

「君だって……」と笑って、「しかし、大北はいい兵隊だね」

彼はこういった。

「おーい、須山、無事か」

僕が大声に叫ぶと、伊賀新一も叫んだ。

「おーい大北ッ」

向うで二人が手をふった。僕と彼とは、顔を見合わせて微笑した。

「女の子の話しようか」

僕は愉快になっていった――集合という指揮班の声がした。まだ、どこかでパンパンと銃声がひびいている。（終）

愉快な兵九郎

1

「愉快な兵九郎《ひょうくろう》上等兵」は、徳島県板野郡何々村出身である。

きれいな、澄みきった、あまい、雫《しずく》の水面をころころと、ころがりそうな水道の水が、山の筧《かけい》の水が、泉の水がのみたい。僕たちは美しい水を夢にまでみた。からからになった咽喉《のど》、びしょびしょの軍衣、汗と雨と垢と脂《あぶら》で、身体はぐちゃぐちゃだった。みんな下痢をつづけ、土色というよりは、死人の顔の色で、軍装のまま眠り、銃を抱いて眠り、立って眠り、歩いて眠り、身体の骨はぎしぎしと鳴った。みんなアゴを出した。

しかし、「愉快な兵九郎」はへらへらと鼻歌ばかりうたっていた。丸い彼の顔は戦火にやつれていたけれども、いつもにこにこしていた。小さな、やや肥《ふと》った身体をひょこひょこさせて行軍したり、走ったり、戦闘したりしていた。まったく彼は不死身のようでもあった。ところが、彼の現役時代ときたら、まるでお話にならないくらい、弱い兵隊だった。妙なかっこうで銃剣術にぼやき、行軍には落伍し、演習は下手くそだった。僕たちの部隊には、僕たちの同年兵が相当いたが、みんなあえぎながら、「愉快な兵九郎」がアゴを出さないのを不思議がった。

現役時代のあだ名の「愉快な兵九郎」は、戦線では別の意味での「愉快な兵九郎」となった。

「おれには、女房もない、もちろん子供もない。恋人はあってもおれが惚《ほ》れているだけじゃ。生命《いのち》がちっとも惜しくないんだ」

兵九郎の弱さをからかった同年兵は、こんどは彼の強さに感嘆した。そして、「兵九郎は強くなったなあ」と小休止にどろんこの田んぼに仰向いて寝ころがった兵士がいうと、彼は銃に全身の重みをかけた姿勢で立ったまま、こんなふうに答えたのであった。

けれども兵九郎の現役時代と変わったところは、ただ強くなったことだけだった。むかしと同じようにへらへらと鼻歌をうたってばかりいるし、気をつけの姿勢はぶかっこうだし、のんびりとした顔つきで、飄々としているし、誰がなんといっても怒らないし、ほんとにむかしのままの兵九郎であった。

「ほんとのところは、生命が大事なんじゃ。おれはうんと出世する男だからな。落伍してみろ、敗残兵にやられるじゃないか」

彼はこういって、へらへらと笑い、「おれは天下の大人物、これから偉くなるんじゃよゥ」とへんな節をつけてうたった。

「だが生命は大丈夫なんじゃ、ほんとだよ、おれの財布はァ――」

またおしゃべりの残りに節をつけて、ポケットから財布をとり出して、銭を掌《てのひら》にさらけ出した。

「さかだちしても、一銭銅貨が五ツゥ。さ、お立ち合いの衆、四銭《しせん》を超えるこの一銭！」

と、一銭銅貨をつまんでみせた。そのころ、千人針に五銭白銅をぬいつけるなどということは、戦場では流行していなかった。だからこの珍妙な彼の洒落《しやれ》には、みんな声をあげて感心した。しかし、この洒落は彼にとって悲愴な洒落だったのだ。というのは、彼は東京で苦学しながら中央大学の夜学へ通っていた。家はまずしいので、令状を受け取って彼が応召したとき、財布に残ったのはこのたった五銭だったのである。例の、四銭〔死線〕を超えるとの千人針が僕たちの部隊に姿をみせだしたのは、彼が戦死してからのことだった。

2

「愉快な兵九郎」を大ぜいの兵隊の中でみつけたとき、僕はまったく愉快になってしまった。

彼はイガ栗《ぐり》坊主の頭をまる出しに、夏の朝日の光をあびて、黒い小倉の袴《はかま》をはき、しかも大きな紺絣《こんがすり》の単衣《ひとえ》の上に、黒紋つきの羽織も着、大きな白い紐を肩にうちかけ、奉公袋を下げて、にこにこしていた。特徴のある出ッ歯をむき出して、いかにもうれしそうだった。近づくと彼は大きな白い鼻緒の下駄をつっかけていた。実際みごとな応召ぶりだった。

彼は大きな声でいった。

「いやァ、御無沙汰《ごぶさた》いたしております。みなさんお変わりはございませんか。このたびは、お互いに御苦労さんでございます」

祝何々君出征、祈武運長久と書いた旗や、在郷軍人分会旗などの、ひらひらする見送りの人の厳粛な人垣は、彼の奇妙な姿とその挨拶《あいさつ》は、なにかしらなごやかなかたちに、うごいたようだった。

僕もついつりこまれて、

「いやァ、お変わりはないですね。相かわらず愉快な兵九郎さんで……」

と、お辞儀をした。しかしたちまち僕はこんなふざけた挨拶が、大ぜいの人々の前でてれくさくなり、なんとか場をもち直すために、彼の本名を思い出して、彼の本名をよんで、せめて外見だけは、とりつくろいたかった。けれども、僕はどうしても、「愉快な兵九郎」とだけしか思い出せないのである。ただの兵《ひょう》さんでもぴったり来ないのである。おまけに数年ぶりの対面なので、僕の記憶はどうしても甦《よみがえ》っては来なかった。その代わり、いろいろな彼の逸話を思い出した。

彼は上等兵だが、彼が上等兵を命ぜられたとき、いかにも妙な顔をした。実は、上等兵になれようとは思ってみたこともないのである。同輩も変な顔だった。――もっとも、僕はそのころ中隊にはいなかった。病気で現役免除になって帰郷していた。だから、この話は僕のまたぎきなのだが――彼は、「どうも腑に落ちん」と小首をかしげたと思うと、中隊事務室へ走って行った。行ったのは、人事係の特務曹長（准尉のこと）のもとだった。

「特務曹長殿！」

彼はこの発音のしにくい、上官の前に立って、舌をもつれさせていった。

「上等兵を返納いたします」

上等兵返納などということは、人事係の特務曹長にもはじめてのことだったろう。でっぷりと肥った、お地蔵さまのような矢口特務曹長は、目をパチパチとさせたが、これが「愉快な兵九郎」であることを認めると、ホホウと笑った。

「どういうわけか」

「愉快な兵九郎」は勢い込んで叫ぶように答えた。

「上等兵には、自分より適任のものがたくさんいるからであります。終わりッ」

矢口特務曹長は、さらに笑いながら、

「そのお前の気持ちがええんじゃ。それで中隊の幹部が決めたんじゃ。愉快な兵九郎、それだけでお前は上等兵になる値打ちがあるんだ。わかったか」

といった。そして「愉快な兵九郎」は班へ帰って来たが、その日一日、首をかしげていたという。

「愉快な兵九郎」は先発隊だった。僕はあとに残った。戦線で会える日をたのしみにしていたが、「愉快な兵九郎」も暑くてえらい〔しんどい〕だろうなと思い、僕が戦線へ行っても、ひょっとして彼は戦死していはしないかなと心配したりした。何しろ彼は多少あわてん坊で、せっかちだったので、そんなことが実に気がかりだったのである。

3

僕もいよいよ戦場へ出発することになった。御用船を出て、久しぶりに、朝の新しい空気を吸おうとしたら、もう戦場は焼き場のような臭《にお》いだった。蜿蜒《えんえん》と〔うねうねと〕つづく輜重〔補給〕の一隊にそって歩いた。歩いた。歩いた。戦線では何かと不自由だろうと、欲ばって、いろいろなものをつめこんだ、大蛇が相当な獲物をのみこんだようにふくれ上がった背負袋《せおいぶくろ》が、きりきりと肩にくい込んだ。その上、銃の重味が加わり、泥と埃《ほこり》と、轟々と鳴る車輪の中を、一尺もへっこんだ轍《わだち》のあとのある道路を歩いた。足は痛さに、自分でも感じないくらいふくれ上がっている。弾薬のつまった薬盒《やくごう》の重さがぎしぎしと、腰骨にくい入り、歩くたびに骨がごりごりと鳴った。戦場第一歩だというのでおろした新しいタオルはまっくろになり、隣《となり》も前も、軍服の色と同じ泥色の顔ばかり。頬から首すじから、汚い泥水のような汗が流れて、口の中はかかりに乾き、じゃりじゃりと砂をかんだ。

もう、身体が参りそうだ。一歩一歩前へ出す足がいうことをきかない。休憩はまだか。あちこちの遺棄死体や、支那の墓に偽装したトーチカや、壊された橋の、もの珍らしかったのは、わずかな時間だった。ただ苦しいばかりだ。けれども、もう駄目だ、もう倒れそうだという、情けない心とは別もののように、やっぱり僕たちは歩いて行く。

「ううん、こりゃァ、こたえるわい」

僕の横にいて、ときどき僕の銃まで担《にな》ってくれた、村の宮相撲《みやずもう》〔神社の奉納相撲〕の横綱で、力持ちの奥良兵蔵一等兵が唸《うな》ったくらい、苦しかった。

その夜は民家で眠り、その次の朝、まだほの暗いころ、また行軍がはじまった。朝、藁《わら》の上に寝ているわが身を眺め、血をふいているふくれあがった足をみて、これで行けるのかと心細かった。足が大きな軍靴に入りそうにもないほどふくれ上がり、痛かったが、へっぴり腰でしゃんしゃんと四股《しこ》をふむと、どうやら足もきりりとしまり、一キロも行くうちに、普通になった。普通になったといっても、それは昨日のような苦痛の中での行軍である。昼すぎ、しゅるしゅるしゅると迫撃砲や、パパンと炸裂弾のとんでくる部隊本部につき、装具を下ろしたとき、まるで生きかえったようになり、誰もかれも歯をくいしばって、ひと言もしゃべらなかった仲間たちは、もう元気をとりもどして、おしゃべりをはじめ、部隊附《づ》きの兵隊に顔みしりの者などいると走り出して行った。

奥良一等兵が、どこかに支那兵の捕虜がいるということを耳にはさんで、

「おら、見物に行ってくるわい」

と出かけて行ったあと、僕は桑畑の中にへたりこんで、もう動くのも大儀だった。

むんむんといやな臭気が強く鼻をつき、蠅がいっぱい群がっているので、なんだろうとみると、桑畑の中に大きな黒いものに莚をかぶせてあるのは、馬の死体だった。その臭気が三尺ばかりはなれた僕におしよせてくるのだが、僕はやっぱりそこを動く気にはなれなかった。ここで兵は食事をしてよろしい、という達しがあったが、この臭気の中で、蠅の中で、しかもクリー

クで炊いたくさい黄色い飯は、どうしても食えるはずがない。同じ思いの兵隊もいるとみえて、あちこちでへたりこんでぼんやりしていた。

民家の周囲には、部隊附きの兵隊が、あちこちと働いていた。馬に水をやったり、銃の手入れをしたり、笑ったり、何もかもの戦場のしきたりになれていて、いかにも楽しそうだった。

僕は、新入社のサラリーマンが、仕事の手はずもわからず、ぽかんとしているようなものだった。弾丸の音も、迫撃砲の音も、生まれてはじめてのことなので、音のするたびに、われ知らず首をちぢめ、自分のこの行為に気がついて、恥ずかしくなったりするのだったが、これも田舎ものが東京へ出て、人と話をするのに、自分のことばに、しょっちゅうひやひやするのと同じようなものだった。

そんなところへ、五分《ぶ》ばかりの髭に顔をつつまれた、小柄な兵士がにこにこしながら近づいて来、黙って僕の手を握りしめ、しばらくして、

「お前《め》えも来たなあ」

といった。なんだかその兵士の眼がうるんでいる。握った手の力もつよい。——誰だろう。と、僕は思い出した。僕たちの同年兵の後藤一等兵だった。

「ああ、来てたのか」

僕の声も、自然うわずった。

「えらかった、苦しかったぞ」

と後藤一等兵が、その言葉を一つ一つ口の中で味わうようにいった。

「愉快な兵九郎も来てるはずだが……」

僕がいうと、後藤一等兵は急に大きな声で笑い出した。

「うん、来とる。来とるよ。あいつは、やっぱり愉快な兵九郎で、鼻歌ばっかりうとうとるよ。元気も元気、大元気で、やってるらしい。隊は大坂隊さ」

そして、後藤一等兵はまた笑ったが、急に厳格な顔になり、同年兵の名前を数え上げた。

一人、二人、三人、四人……。

「それが、死んだよ。戦死したよ」

といった。

4

部隊本部で割り当てられた、僕と奥良兵蔵一等兵のコンビは、大坂隊だった。大坂隊は部隊本部から四百メートル、敵と対峙している最前線だった。雨が降り出した。楊柳《ようりゅう》のあるクリークにそって、ずるずるとすべる、くねった畔道《あぜみち》を行く。弾丸ははげしくなったが、みんな銃を下げて、腰を低くして進んだ。

棉畑に出て、一列になり、一人ずつ走った。敵が僕たちをみつけたのだ。棉畑のどろんこの中を這いつくばって、ようやく厚い白い、まだ余燼《よじん》〔燃え残っている火〕のいぶっている民家、大坂隊にたどりついたとき、もうすでに一人の犠牲者が出ていた。ここにはまた新しい生々《なまなま》しさがあった。新しい支那兵の、まだ少年とみえる死体がいくつもころがり、細い雨にたたかれていた。戦友たちの中には、軍帽をとり、ていねいに敵の死体に黙祷《もくとう》しているのもいた。その風景が、僕の胸にしみた。

僕たちがつくと、民家の中から、破れた硝煙でくろずんだ壁の穴っぽこや、出入り口から、銃火にやつれた兵隊が出て来た。

僕たちの服装とはよほどちがっていた。彼らの服は、泥と汗と血で汚れ、カーキー色は、まったく支那の土色だった。破れた軍服の兵士もいた。その中に「愉快な兵九郎」がいた。彼は眼玉をくるくるさせ、うすいなさけない髭を生《は》やして、鼻歌をうたいながら、ズボンに手をつっ込んで、のっそりと壁の穴っぽこから出て来た。

僕をみつけると、両手をひろげて、外人がするように肩をすぼめてみせた。彼は「愉快な兵九郎」にちがいなかったが、新しく戦場の土をふんだ僕たちとは、すっかり変わっていた。重役と平社員の差だった。

大体の、荒っぽい事務や訓示がすむと、僕たちの時間だった。民家の横からのぞくと、前方の壕に敵の頭がちらちらとみえたりした。

「いよう、来ましたね」

解散すると「愉快な兵九郎」はさっきのような姿勢で僕のところにやって来た。

「めしの用意をしましょう。早くやらないと、火をみるとチャンは射ってくるから」

彼はこういうと、「おかずを取って来ようッと」といって鼻歌をうたいながらどこかへ出かけて行った。戦場に古い兵隊と、僕たち新しい兵隊は民家の土間の、これが戦線の最大のぜいたくであろうか、棉花をどっさり敷いた上に坐り込んで話し合っていた。古い兵隊はいままでの労苦と、手柄ばなしと、戦死者の話と、それに戦線でのいろいろな注意を語り、新しい兵隊は煙草をとり出して彼らにすすめ、内地の情勢について話すのだ。

「久しぶりに、内地の煙草だ」

「ふうん、すると戦争はまだこれからかな」

「嘉定《かてい》が陥《お》ちたら、停戦という話があったがなあ」

「病気には、絶対にかからないように気をつけるんですね。病気が何よりつらいですから、決して、どんなに苦しくても、生水《なまみず》はのまないことですよ」

……やがて、僕たちも戦場にもなれ、弾丸の下もくぐった。もう一人前の兵隊である。ぶきっちょな、そしておどおどしたような態度はすっかりなくなってしまった。すると「愉快な兵九郎」との差もなくなり「愉快な兵九郎」はやはり僕たち同様の「愉快な兵九郎」だった。部隊本部附きの後藤一等兵がいったように、彼はいつも鼻歌ばかりうたっていた。しかも、その歌は「イッツァ・ロング・ウェイ」にはじまるイギリスの軍歌一点ばりだった。

しかし、わが戦友《とも》「愉快な兵九郎」は、いつまでも生きていなかった。その日彼は斥候《せっこう》〔偵察〕に出て右足の甲側に貫通銃創をうけて帰って来たが、地下足袋《じかたび》の上から布ぎれでぎりぎりと傷口をしばると「うん、大丈夫だ」と薄暮《はくぼ》〔夕暮れ〕の中の攻撃に参加したのである。

「おれは、薄暮攻撃ということばが好きなんだよ。なんと戦争の暮れらしい、ちょっとした抒情的な味のある、きれいなことばじゃないか。だから、おれは戦闘に加わる」

彼はびっこをひきながら〔片足を引きずって歩きながら〕、伏せては僕の方に手をふってみせた。

小さい肥った身体で、ガニ股で、びっこをひき、鼻歌をたからかにうたって躍進する彼の姿は、いかにもユーモラスだった。——だから、と、みんなは後で語り合った。「愉快な兵九郎がいなかったら、われわれはあんなに進めはしなかったにちがいない。滑稽な姿のあの男の突撃ぶりに、みんなつりこまれてしまい、弾丸の恐ろしさを忘れてしまうんだ。あの男はわれわれを笑わせて、ぐんぐんと進撃させた功労者だよ」

戦闘が終わって、奪取したばかりの壕の中で、「愉快な兵九郎」は衛生兵の手当てをうけていた。——薄暮だった、むらさき色の夕ぐれが壕の中に影をおとし、影はだんだん濃くなって行くのである。彼は下腹部をやられていた。助かる見込みはないのだ。もはや、眼のあたりの力がぬけて、おちくぼんでいるようにみえ、呼吸は苦しそうだった。

「水！　みずをくれ」

彼が苦しそうにいった。

そして「この期《ご》に、およんで、水を、のむと、病気に、なるなど、いうまいな」とつぶやいた。手拭いにしみこませた水を口のところへ持って行くと、手拭いがちぎれそうになるくらい、きゅっきゅっと吸い、「ばんざい」といった。しばらくして、

「恋人よ、おれの、死、ないて、くれるか……うん、きこえる、きこえる、なくな、なくな、

おれは、はな、うたを、うたって、しぬ」

と、ききとれぬくらいのかぼそい声で呟《つぶや》いた。遠くの方で銃声が疎《まば》らにする中で、「愉快な兵九郎」は歌い出した。

しかし、その鼻歌の文句は、ききとれはしなかった。僕たち戦友の耳には、彼の鼻歌は、イッツァ・ロング・ウェイ・トゥ・ティッペラーリ……と、ありありときこえた。

一等兵の戦線

戦線の空

なんともいいようのないほど、綺麗なあおい秋晴れの空がひろがり、まったく気持ちがよかった。空のそのあおさというのは、眼にしみ入るばかりのあざやかさで、その中にぽっかりと、雲が白く浮いているのだ。平和なとき、日本の土地で僕はかつて、こんなに空の美しさを味わったことがあったろうか。

この美しい秋空をたちきって、友軍の砲弾がしゅるしゅるしゅると、腹の底をふるわせるような余韻を残して、敵の方へ次から次へと飛んで行き、その返事でもあるかのように、爆発する轟音があいついでひびいて来る。

（あの一発で、何人くらいの支那兵が死んだことだろうか）

道ばたに、まだ整理されない、あおぶくれた支那兵の死体がころがっている。僕はそれを眺めながら、ぼんやりとそんなことを考えた。といって、別にこれといった感想はない。まったく、ただ僕がそこにあるといった状態で、ひなたぼっこをしているのである。

きのうまで降りつづき、どろどろとこね上げたようになっていた道も、まるで嘘のようにすっかり乾いて、白い埃さえ立つ。雨の日、馬も兵士もまるで泥人形といったかたちで、みていても自分の肉体が苦しいほど、ありったけの力を押し出して歩いていた輜重の馬も、荷物をゆすぶってしゃんしゃんと歩いて行く。乾麺麭《かんめんぽう》〔大型の乾パン〕の箱を背負って、前こごみになって行く特務兵もあったが、それはおそらくきのうまでの雨つづきの難行軍に、彼の馬が斃《たお》れてしまったのにちがいない。しかしそれはそれとして、天気の好いということは、心が軽くなるほどうれしいことだった。

おととい、この部落を雨の中を這いまわって、血と汗と泥の中でやっつけたのだが、まだいくつかの家はぶすぶすといぶって、あの火事場のあとのような、臭気と、焼けた死体のにおいが、僕たちの周囲にまるでいつまでも消え去らぬ靄のようにただよっていた。

しかし、もうこんな戦場の臭気には、なれてしまっている。こんな胸のわるくなるような臭気よりも、もっともっと、この秋の空の美しさが、僕の心をひきつけるのである。地上より天の方がいい。

(このまま、すうっと死んでしまってもいいいな)

幾日も泥と水でこねかたまったままの巻脚絆をとり、越中褌《えっちゅうふんどし》ひとつになって、さんさんとそそぐうららかな太陽の光を浴びて、藁の上にへたりこんでいると、そんな気持ちにすら襲われる。

ちょうど、僕の背にしている民家の北側が敵の方に面しているので、日あたりのいい南側は相当大きい大砲でも見舞って来ないかぎり、この美しい空の味を味わうことが出来るのである。その家の白い厚い壁は銃火に黒くいぶって、「抗戦到底」と書いた墨の文字《もんじ》が、はかなく消えかかっている。

頬がこけ、髯《ひげ》はのび、服の汚れ破れた戦友たちは、みんな思い思いの姿勢で、この日だまりにのびて、服の修理、銃の手入れ、手紙、ひるねと、さまざまなことをやっていた。彼らはこうしてみれば、まるで半病人のようであった。だがもう、ものうげでだるそうだった。しかし、彼らの動作や会話の中に、なにかしら光りきらめく力があった。それはなんとも説明のしようのない、彼らの強さだった。それは肉体の能力の限界を越えて進むことの出来る、彼らの巨大な意志の力とでもいうのであろうか。彼らはいま、この休養の時を、十分に体内に吸収するために、ぼんやりとものうげなのである。

「のう、戦友」

山奥のきこり、猟師という二つの職を持ち、宮相撲の横綱で力持ちの、紅葉潟こと奥良兵蔵一等兵が、あいかわらずの大きな声で僕によびかけた。

「うん」

と僕が答えると、彼は勢いづいたうれしそうな声でいった。

「なんと結構なお天気じゃのう」

またしても僕は、この空の色を眺め渡した。

この深い深いあおさは、いつか僕が旅行した阿波《あわ》の南、土佐の室戸岬に近い海の晴れた日の色に似ていると思う。

身体がこの美しい空のもとの、さわやかな空気の中にとけ入りそうだった。

「ええ気持ちじゃのう、戦友」

奥良兵蔵は大きな腹を太陽にむけて藁の上にころがり、大きな足を子供のように、ばたんばたんとさせていた。

そして、まぶしそうに眼をほそめて、美しい空を見ている。彼も故郷の空の色を思い出したのにちがいない。

「……いまごろ、おらの嫁はんは何をしとろか」

といった。

「そうだねえ。天気がいいから、渓川《たにがわ》の岸にしゃがんで、洗濯でもしているかな」

僕はささやかに美しい日本の渓川で、すすぎものをしている女の風景を眼にうかべて答えた。

「ふうん」

奥良は大きく息を吸いこんでうなるようにいった。彼のつややかな腹が大きく起伏した。

「あるいは……」

彼がそのたのしい想像にひたりきっているようなので、僕はまた言葉をつづけた。

「うん。あるいは……」

奥良は、やはり眼をほそめて、僕の空想も抽《ひ》き出すように、僕の言葉をくりかえした。

「柿の木の、あかい柿の実を採ってるかも知れないね。襷《たすき》をかけて、背伸びをして」

山の渓川のほとりの赤い柿。ぽこぽことあたたかそうな萱葺《かやぶ》きの家の南側。烏《からす》が柿の木にとまっているかも知れない。

「うん。そうかなあ」

奥良はこういうと、さらに激しく両足をばたんばたんとさせた。彼の十二文〔約29センチ〕の軍靴は、裸の彼の腹の横で、ごとんごとんとうごく。阿波の南の海辺で、網つくろいをしている漁師が、ちょっと手をやすめて、ごろんと砂の上にひっくりかえり、しびれた足の屈伸運動でもしているようだった。

僕はそんなことを思うと、急に大きなひろびろとしたあおい海が見たくなり、美しいきれいな水が欲しくなって来た。

「海が見たいねえ。奥良」

僕はついこんな、いままでと連絡のないことをいってしまった。

「おらは、渓《たに》の水がのみたいぞや」

奥良はいかにも水がのみたくてたまらぬ思いを、ふりきるようにヤッと気合いをかけてはね起きた。

新しい一等兵

「ほんとうですなあ。私も海が見とうございますよ」

僕からすこし離れて、うまそうにたった一人でバット〔ゴールデンバット＝煙草の銘柄〕を喫っていた兵士が、僕らの方をふりむいて、まるで商人のような声を出していった。

この一等兵はつい一週間ばかり前、僕たちの戦線に参加して来た男である。顔の細長い、きつねのような感じの男で、竹内という姓だった。この兵士といっしょにやって来た兵隊とは、すぐ仲よくなって、もう新しい古いの区別もないほどだったが、この兵隊だけは、なんとなくつきあいにくかった。きつねのような表情や、そのものごしが、僕らの気に入らなかったのかもしれない。

だいたい、大事そうに自分ひとりで、故郷のかおり高いバットを喫っているような男には、どうも好意が持たれなかったのである。

戦場の友情にも、やっぱり好悪の念はあるのだ。

僕は返事をしなかった。

奥良も知らぬ顔をしていた。

僕はその兵士から顔を不自然にそむけて、竹垣の方をみた。

竹垣の中に水牛《すいぎゅう》がつながれていた。水牛は敵陣地から見通しの場所にいたので、彼のまわりは、ときどきピュンピュンと小銃弾が飛んで来た。しかしこの水牛めは、ときどき鼻づらをつながれた枯れた樹にこすりつけては、ううううと唸っていた。そして、この水牛のぐるりを、メエメエとなきながら、きょとんとした眼つきの、なんの罪もなさそうにみえる山羊が二匹、ちょちょちょちょと走り、戯《たわむ》れていた。おそらく、この二匹の山羊は夫婦なのであろう。この二匹の秋陽を浴びての戯れは、性欲の一つの表情にちがいない。

奥良もこの二匹のみだらな山羊をみた。ほかの兵隊もみた。しかし、僕たちにとって、現在性欲どころではなかった。そんな風景すら、僕たちの意欲を刺激することは出来ないのだ。それほど僕たちの肉体は困憊《こんぱい》して〔疲れはてて〕いた。

僕はバットを喫っている竹内一等兵から眼をそむけ、意地悪く彼の方をみない。生きている水牛、生きて走っている山羊を眺めてばかりいた。

この生きている動物、いまにも性欲の満足へ至ろうとする動物のたくましい生きている姿を眺めているうちに、僕の頭の中に、これが奇妙なおそろしさをさえ、ともなって映ってくるのである。

この山羊や水牛から二、三メートル離れたところに、支那兵の死体がころがっている。そうだ。この部落をとるときの戦闘は、雨と泥の中で、兵隊が、苦しい息であえぎながら、火と土とのかたまりとなり、ただこねまわって、命令とおのれの意志の力で、がむしゃらに戦った。そして、僕たちの仲間は三人死んだ。七人負傷して後退した。そんな中で、この動物たちが生き残っていたのだ。

いまいましさがこみあげてくる。このいまいましさの中に、銃火のひびきや、いままでどれほどきいたかしれぬ死のうなり声や、苦痛のいぶきがありありと耳にひびいてくる。

夜があけて、雨にしぶかれながら戦友に抱かれた三人の戦死者の表情や、負傷して担架《たんか》にの

せられ、あるいは徒歩で退《さが》って行く戦友が、

「元気でいてくれよ」

と僕たちを反対にはげまし、

「すぐ帰ってくるぞ」

と叫んで、遠く担架の上から手をふった、きゅうっと、胸にせまってくるような場面が思い出された。それなのに、この動物たちが生きている。

ともどもに、どんなに苦しかったか、どんなにつらかったか、そしてお互いにはげましあった戦友の死が、この動物たちの生きている姿に、うかびあがってくるのだった。――このたまらない、いまいましさは、

「支那の奴が憎い」

という言葉につつまれてしまい、敵への憎悪に燃え上がって行く。

一人減り、二人減り、だんだんいっしょに戦って来た兵隊が、嘘のようにこの戦列から消えて行く。兵士の顔の、見えなくなる淋しさ。

「いつかは、その番がくるのだ」

その番を、僕たちはよろこんで待っている。それは超人的な、愛国心が戦場の中で燃えてく

るからなのだ。しかし、戦友の減って行く淋しさは、きのうまで笑った戦友の顔が、この黒々とひろがる支那の大地に埋もれてしまったのかと思えば、この大地にしがみつき、のたうち、たたきすえたい衝動にかられるのである。

まったく、肉体にくい入るような腹立たしい無念さ、淋しさだった。

竹内一等兵のバットも、水牛も山羊も、もはやなんでもなくなった。こんな感慨の中に沈みこんでいると、大きな声が僕の耳にひびいて来た。

「いよッ。戦友、どうしたぞや」

日本の煙草

善良なわが戦友《とも》、紅葉潟奥良兵蔵一等兵が、仏さまのように大らかな表情で僕の顔をのぞきこんだ。彼は立ち上がり、僕の前に裸のままであぐらをかいて坐り直した。

奥良兵蔵は苦痛を知らない。彼の前にあるのは、面白くてたまらぬ戦闘と、美しい兵隊人情だけである。いままで僕は、どれだけ無学の戦友、大らかな心の戦友奥良一等兵に、どれだけ心を豊かにされたことだろう。

「寒かろう、戦友」

こういって、露営の夜、彼は大きな身体で僕を抱くようにしてあたため、眠らせてくれた。

「戦友は身体が弱いんじゃ、おらが代わるから眠りな」

奥良はこういって、僕の代わりに歩哨に立ってくれた。

「腹がへったろうぞ、戦友」

彼は大食いであるにもかかわらず、おのれの乾パンを僕にゆずってくれた。

僕の前に、裸でのっそりとあぐらをかいて坐り、心配そうに僕の顔をのぞきこむ彼の体温がしみじみとわが胸にしみこむ思いだった。

「いやあ、なんでもないんだ。ただ考えごとをしていただけだよ」

僕はこういって、感傷的になった心情をどうすることも出来ず、かたわらの藁をつかんで、ふりながら答えた。

「戦友が、妙な顔しとるけに、心配したぞや。ふうむ。なんでもないか」

彼は安心したようにいった。

「のう戦友、まあ気休めに一服、喫いつけな」

奥良は枕にしていた軍服をひきのばして、胸のポケットから味《あじ》の素《もと》の缶をとり出し、蓋をはずして僕の方にさし出した。

海賊印の煙草が三本ころがっている。

――わが善良なる力持ちの戦友、紅葉潟奥良兵蔵が、こうして生きていてくれるとは、なんとうれしいことであろう。

僕はさっきの想念をはらいのけ、

「ほう、もう三本か」

と、味の素の缶の中から煙草をつまみ出した。

「うん。じゃがまたなんとかなろうわい」

彼も一本取り出してくわえた。

「喫い口が無《の》うて、チャンの煙草は困るわい」

ペッペッと、舌にくっついた煙草をはき出して彼は大声で笑い、左ぎっちょ〔左きき〕でマッチをすった。

けむりが、秋の陽の空気の中にゆるゆると流れた。美しいけむりだ。けむりの流れに、僕はふっと思った。いのちはある。米もとどいた。たのしいことではないか。生きている間だけ、生きよう。――なんとなく、こころほのかなたのしさが、奥良兵蔵を前にしてひろがってくる。

「バットはどうでございますか」

淋しそうに、僕たちからかけ離れたようにして、ひとりでバットを喫って、空を眺めてぼんやりしていた竹内一等兵が、きつねのような顔をつき出して、それでも人の善《よ》さそうな微笑をうかべて、深いみどり色に、黄金《きん》の蝙蝠《こうもり》がくっきりとしているバットの、かたい手ざわりの箱をさし出した。

僕はなんとなく、面《おも》はゆいような気持ちだったが、

「やあ、すみませんね」

と右手の海賊印を左手にもちかえて、みどり色の中から、銀色のさわやかな音をさせて、細い白い一本をぬき出した。

久しぶりの内地の煙草だった。

「おらも一本、拝領しようか」

奥良が無遠慮に大きな手をさし出した。

「さ、どうぞ」

竹内一等兵は奥良の方にもさし出した。

「ほほう。ええ匂《かお》りじゃわい」

奥良は左手で半分ばかり喫った海賊印の火をもみ消して、味の素の缶の中へ大事そうにしまい、新しい日本の煙草を鼻先にもって行って、くんくんとその香《かお》りを嗅いだ。

僕は新しいバットをくわえ、まえの海賊印を奥良の味の素の缶の中にしまった。

ふうっと喫うと、日本の味がした。けむりの色があざやかで、日本はいいなと、つぶやいた。

「日本はいい」これはまったくなんでもないことばだったが、日本の美しさを恋《こ》う気持ちが、そんな不用意につぶやいたことばの中につつまれているのをしみじみと感じ、われになく、ふるさとの山川《さんせん》を思った。

奥良は、さるまた一つの裸ん坊で、左手でぶきっちょにバットを持ち、すっぱすっぱと眼を細くして喫うのだった。竹内一等兵は黙って、満足だというふうに、これをみていた。

どうして、こんなにバットをほかの兵隊にも分けなかったのだろうか。——おそらく彼はこう考えながらみたにちがいなかった。きつねのような顔に、そんな表情を僕はみて取った。そして、少しのことで、とかくじくじくと人の心の裏をさぐってみる僕の気持ちをあさましく思い、さっき竹内一等兵にみせたそぶりを恥ずかしく思うのだった。

「ううん。内地の煙草はやっぱりええわい」

奥良が、ためいきをつくようにいった。

南方の質商

バットのけむりは、ゆるゆると流れた。

竹内一等兵は、うまそうに喫っている奥良兵蔵を眺めている。しかし、奥良は内地のけむりを喫うことに一生懸命だ。「ほうほう」といい、「ううん」とうなっては喫う。

「ああ、ええ気持ちじゃ」

奥良はこういって、うれしそうに「ハハハハ」と笑い、

「じゃが、のう戦友。支那はあんまり広すぎるわい」

とつぶやいた。

「うん、何としても支那は広すぎるわい」

再びこういうと、奥良は淋しそうな顔をした。

竹藪と、雑木林と、ちょっとした部落のみえるだけで、あとは棉や、稲や、野菜などのひろびろとつづくかぎり、眼界にあまる広漠とした戦場だった。山と山にたたみこまれた山峡に生まれ育ち、ただ広いところといえば現役時代に体験した、町や田んぼの世界だけであろう。この

野放図もない、支那の天地はいかにも、わが奥良兵蔵にとっては居心地が悪かろう。楽天的なひびきを持つ、紅葉潟奥良兵蔵のつつぬけ声に哀調があった。

「奥良さんは、山ですか」

竹内一等兵が、きつねのように口をとんがらせてきいた。

「おお、山じゃよ」

感慨をこめて彼は答え、そして吐き出すようにいった。

「こんな広いとこよりゃ、山がなんぼうかええぞ」

「貴方《あなた》は、海岸ですね」

僕はさっき竹内一等兵が僕に話しかけたことを思い出していった。

「ええ。南です。南の海です」

竹内一等兵は答え、

「おはずかしい。まだ来て十日にもなりませんのに、海の色が恋しゅうございますよ」

といった。この空の色に似た阿波の南方海岸だという。海の色が恋しいという。あちこちに、ひなたぼっこの泥だらけの兵隊も、ふるさとの話にうちふけっているにちがいない。

「貴方の方じゃ、お位牌《いはい》を質屋に持って行く風習があるんじゃないですか」

僕はある人に、そんなことを聞いたのを思い出してたずねてみた。

「はあ」

竹内一等兵は顔を赤らめて、うつむいて答えた。

「なんと、戦友。ご先祖のお位牌を質屋に持って行くとや。そら、いかんことじゃ。めっぽうなことじゃ」

奥良が、真赤《まつか》になって叫んだ。

彼の生まれは阿波の山奥、平家の子孫が流れ住んでいるという、祖谷山《いややま》である。その平家の子孫たちは、先祖をうやまうことは一般の比ではないという。もっとものことだ。あるいは、奥良兵蔵も、壇の浦の合戦で源氏の一党に追いまくられ、敗れ敗れて安住の地を求めて阿波の山奥に住みついた、パセティックな〔哀れな〕平家の一族の子孫かも知れぬ。彼のおっとりとした顔つきは、まったく大きな手や、いかつい身体つきに似合わぬ、高貴なおもかげがないでもないようにも思われるのである。

竹内一等兵は、奥良の声にますます恐縮して、顔を上げず、藁しべをもてあそんでいる。何か彼の胸に、痛い質問のようである。おそらく、こんな奇妙な風習のある町を恥じたのかも知れない。しかし、ふるさとの話は戦線で何よりもたのしいものだ。しかもいい天気、きれいな秋の晴れた空、日はぽこぽことあたたかいのだ。

僕はかさねてたずねた。

「ええ。あります」

竹内一等兵はやはり下をむいたまま答えた。

「どれくらい貸すんです」

奥良は、そんな無法な話にきく耳持たぬといった表情で、さっきのように藁の上にひっくりかえった。

「まあなんでございますね」

竹内一等兵は、決心したように語り出した。

「まあなんでございますね。位牌を持ってくるのは、たいてい荒かせぎの漁師でして。……遠洋漁業に参りますが、帰った当座は、そりゃあ大変な景気で、料理屋なんぞ、眼のまわるほどの忙しさで、町はいっぺんに活気づきますが……やがて金がなくなる。質草《しちぐさ》〔質屋に入れるもの〕もなくなる。さてどうにもこうにも困ってしまう。一杯のめしにまで困ってしまう。こうなると、最後の手段に持ってくるのでございますよ。でまあ、ものがものですから、貸す高といっても一定していません。だいいち値のつけようもありませんから。……でもまあだいたいその入質《いれじち》の人の稼ぎ高に応じて、あの男はいくら、この男にはいくらと、きまってくるんでございますよ。しかし、持ってくる人にとっては、なんといっても、いちばん大切なものですから、流すなんてことは、決して……ほとんどございませんね」

なるほど、と思った。竹内一等兵が恐縮するのも当然のことである。彼が、当の南方の質屋さんなのだった。

「いやあ、どうも失礼してしまいましたね。貴方がその御商売とは、気がつきませんでしたので……」

僕は半分はてれ、半面はおかしくて、笑いをかみころしながらいった。

「いいえ。いいんですよ」

竹内一等兵は淋しそうに笑った。

一等兵 須茂木重助

紅葉潟奥良兵蔵一等兵は、位牌を質屋に持って行くということが、いかにも気に入らないらしく、もとのように藁の上にひっくりかえって、秋空を眺めているが、やがて足をちぢめ、大きな手で足から身体へ、ごりごりと掻《か》きはじめた。いかにも気持ちがいいらしく、無念無想の表情である。

「あ、若旦那、ここでしたか」

一人の頑丈そうな一等兵が、鉄兜《てつかぶと》をぶきっちょにかぶり、薬盒帯剣の姿で、着剣した銃を持って、泥まみれになって走って来、『はあはあ』と息をはずませながら、竹内一等兵によびかけた。

「ああ、無事だったのか。よかった。心配していたよ」

竹内一等兵は、ややぞんざいな口調でいった。

「斥候というのは、はじめてですが、なかなか面白いですよ。若旦那」

その兵士は泥の手で、くすんと手ばなをかんでいった。

この男は須茂木重助《すもぎじゆうすけ》という、妙な名の兵士で、竹内一等兵らといっしょに、われわれの部隊に加わって来た男だった。そして、彼はいつも竹内一等兵にくっついて、何かと世話をやいていた。

「ねえ、若旦那、すごくやっていますよ。戦車もやって来ています。あの部隊はじっさい、よくやりますね。よっぽど戦車が好きなんでしょう」

遠く右翼部隊の方で、さっきから戦闘のひびきがしている。須茂木一等兵は斥候に出て、そ

の方面を眺めて来たらしい。『やっこらさ』と竹内一等兵の前に坐りこむと、

「おや、巻脚絆がこんなによごれて。お取んなさいませ。泥を払いましょう」

こう竹内一等兵をにこにこと眺めていった。

「いいよ」

竹内一等兵はめいわくそうに答えた。

「いやあ、それではあんまりきたないですから……さあ、若旦那、遠慮はいりませんや」

むりやりに須茂木重助は竹内一等兵の巻脚絆をほどき、ぱたぱたと泥をはたいた。

「おい、埃がかかるじゃないか」

他の兵隊に気の毒そうに、竹内一等兵は須茂木に注意した。

「やや、これはこれは……」

須茂木重助はあわてて立ちあがり、巻脚絆を持ってクリークの横にしゃがみ、泥をはらい出した。その姿はいかにも忠実なしもべが、主人のためにいそいそと立ち働いている様子そのままだった。

おそらく、須茂木重助は戦争に来る前、竹内一等兵の家に出入りしていた男か、それとも下男かなにかだったのかも知れない。僕はなんとなく、ほろにがいものをかんじた。

そっと竹内一等兵の方をみると、彼はいかにもかなしそうな、心せめられるといった様子で須茂木重助一等兵の姿を眺めていた。

僕はこの二人の間に流れている奇妙なものを眺めながら、奥良にまねて軍袴《ズボン》をまくしあげ、ぼりぼりと足をかきはじめた。

まめだらけになった足、幾日も太陽をみなかった足や身体は、白く粉をふいて足指など皮膚が皺だらけになっていた。掻いて行くと、その気持ちのよさはかくべつで、垢のたまった爪で、際限もなく掻いた。掻けば掻くほど気持ちよく、そして掻いても掻いても足りなかった。おしまいには、幾条も幾条も赤いすじが皮膚にうき、ぼろぼろと垢と皮膚が白くこぼれ、赤くなったすじから血がふき出した。これで僕は掻くのをやめ、奥良兵蔵の横にころがった。

美しい秋の空。皮膚にしみる。

空爆見物

こつんと、横に仰向いている裸の奥良兵蔵が僕をつついた。ふりむくと奥良は、いかにもおかしそうにくすりと笑い、眼で一生懸命に巻脚絆の泥を落としている須茂木重助の方をしらせて、

「兵隊が若旦那とは妙な兵隊じゃ。のう戦友」

といって、またくすりと笑った。奥良の地声は大きかった。竹内一等兵がちらと僕たちの方をみた。はずかしそうな表情だった。

「おい。よせよ。きこえるじゃないか」

僕は小さな声でたしなめた。

「きこえても、やっぱり妙じゃわい」

無遠慮な声で奥良はまたいった。

竹内一等兵は、きこえないふりをして、かたわらの図嚢から手帳をとり出して、何か書き出した。

どこからともなく、飛行機の爆音がひびいてくる。そしてその爆音は次第に大きくなり、遂に晴れきった、あおいあおい秋空一面にひびきわたって来た。やがて両翼にくっきりと、日の丸もあざやかな飛行機が三台、その中でも一台の大きな親方をまもるようにして、青い空をたち切って飛んで来た。

翼がきらきらと光った。僕たちの上空を大きく一周する。その旋回するたびに、飛行機全体が、後光がさしたように光った。

思い思いにひなたぼっこをしていた兵士たちは、みんな起き出して、空を仰いだ。

「友軍の飛行機だ」

みんな口々にさけんだ。まるで子供のように、うれしそうな、はりきった声だった。

「心強いなあ」

楊柳によりかかつて、眺めていた兵士がつぶやいた。

まったくだった。悠々と敵の空を舞っている友軍の飛行機をこうして仰ぐとき、心の底からむくむくと感激が湧き出してくる。それは、小さな子供が母をさがし求め、もう泣き出しそうになって来たとき、ふっと母の姿をみつけて、『おかあさん!』とさけんで走りよる、あのうれしいようなあまずっぱい気持ち。そして、母のふところにとびついたとき、胸にこみあげてくる、あの感激に似ていた。

「うれしいもんですねえ」

竹内一等兵も、手帳に書く手をやめて、民家によりかかって眺め、僕にこういった。

「ほんと」

僕は一心に空を見つめて答えた。

美しい、まったく美しい秋空に、敵の土地の秋空に、日本の飛行機がなんのおそれ気もなく飛んでいるのだ。――と、パンパンと小銃の音がし、飛行機の周囲に小さな煙がひらいた。煙草のけむりの環《わ》のような煙がひらいた。

敵が小銃で射撃をはじめたのだ。

「やや」

これも巻脚絆をだらりとぶらさげて、空を仰ぎ見ていた須茂木重助がうなるようにいった。

「こしゃくなチャンじゃ。射ち方やめい」

奥良が腕をふりまわして号令した。みんなが笑った。奥良は真赤な顔をして、みんなの笑うのに気がつかぬのか、

「うん、お前らが、射っても射ってもあたるもんかや」

と、どなった。

と、小さい方の飛行機がぐっと機首を下げて急降下し、僕たちの民家のかげにかくれた。また次の小さな方が同じように民家にかくれる。やがて、ずるずるずるといった感じで大地がゆれうごいた。そして轟々と爆破のひびきが空気をぴりぴりとふるわせた。それが次々と起こった。

「えらいもんじゃ。えらいもんじゃ。のう戦友」

奥良兵蔵が感心したようにうなった。

「おっ、こんどは大きいのが、糞をひったぞや」

また奥良がさけぶ。

両翼に抱いた爆弾が、つつつと順を追って三つ、あおい空を切って落ちて行くのがみえる。大きな飛行機は、なにくわぬ表情で大きく弧を描いて飛んでいる。

やがてまた大地が物凄い音響とともにゆれる。爆発の音に空気がびりびりとふるえる。

飛行機は爆弾を落としてはひき返し、爆弾をかかえてはまたやって来た。右の方に物凄い銃火のひびきが猛烈に起こった。いよいよ隣《りん》部隊が空軍の掩護《えんご》を得て本格的に攻撃を開始したのだろう。

空爆の響きと銃声は秋の空をふるわせ、僕たちに激しい緊張をつたえた。

「この分だと、明日か、あさってか、うちもいよいよ攻撃前進だぞ」

空を仰いでいる兵士が、かたい声でつぶやいた。

そのころ、僕たちの民家から少しはなれてクリークの岸に砲兵部隊が到着した。そして着々と砲列を敷きはじめた。

砲兵隊の馬がいないた。

「おんやあ、砲兵さんか。こりゃたまらん。今夜はうんとハーチャン（迫撃砲）のお見舞いごとじゃ。おまけに砲兵さんが射ち出したことにゃ、めっぽう眠れんわい」

奥良は顔をしかめていった。じっさい、いままでの体験によると、砲兵隊が近くにくれば、きっと迫撃砲が飛んで来た。敵が砲兵陣地を目あてに射ち出すためだろう。

「のう戦友。明日は攻撃かな」

奥良は愛想よく笑っていった。この笑顔ではただではすまされないのが、いままでの習慣である。

「嫁はんに手紙かくのかい」

彼の先を越していうと、

「うん、すまんがのう」

と大きな手で頭をかいた。

そして竹内一等兵と須茂木重助が、僕たちの寝ぐらである民家に入って行くうしろ姿をみて、てれかくしのように、

「兵隊が若旦那とは、やっぱり妙な兵隊じゃわい。のう戦友」

といった。

彼はさっきのひなたぼっこの場所にひきかえし、雑嚢《ざつのう》の中から、クリークの泥のしみついた

ぼこぼこになっている便箋に、鉛筆をそえてさし出した。

裸のわが身のかたわらに、雑嚢をちゃんと持って来ていたのは、まずもってそのこんたんがあったのにちがいない。

にやりと笑ってそれを受け取り、膝の上にひろげて彼の方をみると、彼は顔を赤らめていった。

「うん、書き出しは、ええっと、一筆啓上か。おらは戦死もせんで元気に戦争しとるが、お前は機嫌ええか。……うう、なんぞうまいこと書いてくれろや」

そして彼は軍袴をはき、靴をはき、

「もう夕飯の用意じゃ」

と民家の中へ入って行った。

機影はもうなく、秋はくれやすい。あたりはもうそろそろ、あかね色にそまり出す。

迫撃砲襲来

夜になった。

星があるだけで、民家の入口からみた夜戦場は、黒々として夜気《やき》にぼっとぬれ光っていた。

奥良兵蔵のいった通り、うすやみのただよいはじめるころから、敵の迫撃砲がひゅるひゅるひゅると、さかんに見舞い出し、次々と僕たちのいる民家の近辺でばりばりと炸裂しはじめた。

僕たちはこんな闇の中では何をすることも出来ない。

ただ寝ぐらの民家の中に、ごろんと寝ころんでいるよりほか仕方がない。逆襲があるかも知れないというので、藁や豆殻《まめがら》〔豆から実をとったあとの茎・葉・さやなど〕の上に、『武装したまま寝ていよ』という命令通り、ごろごろと横たわって、おしゃべりばかりつづけていた。

後盒《こうごう》が腰骨にあたって、ごりごりと痛かった。

たわいもないおしゃべりに、僕たちは心をうちこみ、身体のきゅうくつさや、痛みや、闇の中の無気味な迫撃砲のひびきを、神経の外へ追い出してしまおうとつとめる。

おしゃべりはいよいよさかんになってくるのだが、あの博多帯をこするような迫撃砲弾の音が、寝ている屋根の上を越えたり、横を飛んで行く音がするたびに、おしゃべりはパッタリとやんでしまう。時間のたつにしたがって、砲弾の着弾は正確になり、入口のすぐのところで炸裂し、壁一重のところで爆発し、瓦《かわら》や壁土が落ちてくるのである。

友軍の砲兵陣地を目標にしているにちがいなかったが、この家わずか七メートルばかりしか離れていない。砲弾一発ごとに僕たちのおしゃべりは激しくなり、首のすくむような、しかもとらえどころもない不安がつづくのである。物凄いばかりの気違いじみたおしゃべりと、しいんとした静かさは、ますます身のひきしまる思い、頼りない不安にひきずり込む。

また一発。すると隅の方で誰かゲラゲラと大きな声で笑い出した。それが沈黙のまっただ中だったので、笑い声が奇怪にさえ聞えた。

しかし、この奇怪な笑い声が、変に僕たちのかたくなった心にとけ入ってくるのである。どうにもなりはしないのだ、そんなひびきを持ってくる。やられてもいいじゃないか、何かしら腹がすわって落ち着いた気持ちになってくる。パッタリとおしゃべりをやめた自分たちの姿勢が妙におかしくなってくる。ゲラゲラと笑う声に合わせてみんなが笑い出した。

今度は砲弾のひびきごとに、みんなゲラゲラと声をあげて笑い出した。戦場の音響の中で、まっくらの民家の中で兵隊が一団となって笑いころげるさまは、すさまじいものがあった。

「おい、誰かうたえ」

闇の中で一人の兵士が叫んだ。そしてその兵士にちがいない——勝ってくるぞと勇ましくぅ……と、うたい出した。みんながついてうたい出した。歌はだんだん大きくなり、若い現役兵の高い声や、ふしぬけの後備兵のしゃがれた声は、もはや必死だった。すさまじい合唱がつづいた。砲弾の唸りと、小銃弾の音の交錯する中で、合唱は激しい力で奔流した。

「死んで帰れとはげまされェ……」

と若い声がうるみ、

「明日の生命《いのち》を誰か知るゥ……」

太い声がつまった。そして、

「天皇陛下万歳《ばんざい》と、残した声が忘らりょかァ」

と合唱は爆発してやんだ。

しいんとした静かな空気も瞬間で、するどい砲弾の音に、今度はでたらめの合唱がはじまる。やがて合唱はめちゃめちゃになってしまい、また奇妙な空気に沈みそうになったとき、

「おい、紅葉潟やれッ」

と誰かがどなった。

すると、僕の横にころがっていた奥良兵蔵がどなりかえした。

「おらは、いやだ。大砲の音がやかましゅうてならんに、へたくそな歌をほざきくされば、なおさらのこと、やかましゅうて眠れんわい。お前らはなんぞや。歌でもうたわずば気持ちが悪いかや」

と、みんな黙りこんでしまった。

そしてあちらこちらに、ぽっぽっと赤い火がつき、煙草のけむりの匂いが流れ出し、やがてぼそぼそと話す声がしはじめた。

夜戦場の歩哨

「戦友。煙草喫うかね。昼間の喫いくさし〔喫い残し〕があるぞや」

奥良は両手をのばし、頭もとでごそごそやっていたが、味の素の缶をひっぱり出し、そこから昼間半分喫った海賊印の煙草をとり出した。

「ほら、喫いつけな」

彼のすったマッチが、ぼっと部隊の中を照らした。

みんな銃を抱いて、ならんで寝ている。

煙草を喫うと、奥良の顔がぼっとみえる。美しい赤い火の点である。けむりもみえないのにうまい煙草である。

「阿呆《あほう》な奴らじゃ。あないな大きな声でうたいくさって、敵におらどもの位置を知らせるようなもんじゃ。なんと戦友、そうじゃのう」

奥良はこういって二、三服喫い、火をもみ消すと、やがてかすかな寝音をたてて、すやすやと眠り出した。

砲弾のひびきも少なくなってきたようである。

僕も、いつとなくとろりとろりと眠りかけ、『ふるさとの夢はたのしいな』と思いながら夢をみようと、ぼうと睡眠の中にとけ入りかけたころ、歩哨係の山下上等兵が、交替を知らせにやって来た。

「立哨《りつしよう》ですよ」

寝ている位置をいってあったので、山下上等兵が僕をゆり起こしたのだ。

竹内一等兵との組み合わせだった。

起きて銃をとり、剣をつけると、半分は寝ぼけたような姿勢で、竹内一等兵も起きていた。

巻脚絆と、軍靴でぼてぼてした感じの兵士たちの足と足との間をさぐって歩き、外に出ると清い空気が眠い眼にしみわたった。ぶるぶると肌ざむい。

戦場は夜気にぬれ、遠くで殷々と〔大きな音で〕砲音《つつおと》がひびき、右部隊の方向では、あいかわらず豆をいるような銃声とかすかな人の叫びがきこえ、時々頭の上を砲弾が余韻をのこして飛んで行った。

砲兵陣地はしずかに眠っているらしい。

クリークの水がにぶく光るそばに、幕舎が黒くみえ、その幕舎の附近に砲兵の馬が首をうなだれて、生きているという証拠のようにときどき尾をふり、足をうごかしていた。

その遠く、二、三本の大きな樹や、さらに遠く雑木林が、沈々たる〔静まりかえった〕夜景に、ほのかにみえる。

山下上等兵が先頭、僕、竹内一等兵の順序で歩いて行った。

するとまた、右の方に『わあー』という声のかたまりが流れて来た。隣の右部隊が夜間の突撃を敢行したのだろうか。

「やっているんだな」

先頭の山下上等兵がちょっと立ち止まり、右の方を見はるかすようにしてつぶやいた。

この若い現役兵は、いかにも、銃剣をふるって敵の中に突き込んでいるらしい戦友の仲間に入っていないのが残念だといった気配を見せていた。

僕は歩きながら、この若い兵士のうしろ姿をみ、こうしてくらい戦場の、かつて想像することの出来なかった、ねっとりとした臭気と、音響のこねかえす戦場の現実が、何かしら、嘘のような、夢の中のように思われ、『ここをこうして歩いている僕は、僕自身じゃないのかも知れんぞ』——そんな錯覚にとらわれるのである。

さくさくさくと、踏む土もうつつのようにひびいた。

にぶく白く光る剣を着けた銃は、ずっしりと手にこたえた。革具はきしきしときしみ、弾薬盒の重みがぐんと身体にはしり、弾丸が盒の中でコトコトと鳴る。しばらく行くと、窪地の中に人の上半身と剣が見え、僕たちの足音と気配に一人がふりむいた。そして、何か二人でささやき合い、銃から剣をはずす音がした。

「やあ、御苦労さん」

僕がひそかに声をかけると、一人の歩哨が、

「ずいぶん待ち遠しかったよ。おまけにみんなは大きな声で歌をうたったりしてるんだからな」

といった。

「迫撃砲は眼の前に落ちるしね」

もう一人の歩哨がささやいた。

「どうも……」

僕は二人に同情した。かんたんな申し送りをうけて、窪地に僕たちが入って行くと、

「異常はないですよ」

と一人の歩哨がいった。「迫撃砲がこの眼の前に落ちるしね」といった兵士がある。

「そうかい」

僕はこう返事したが、それは竹内一等兵にいった言葉だった。その歩哨は須茂木重助一等兵なのである。

「若旦那、すみませんね」

須茂木一等兵は、竹内一等兵にささやき、まだなにかひそひそと話していたが、山下上等兵とともに一人の歩哨が待っているのに気がついて、あわてて出て行った。

闇の中に彼の頑丈そうな広い肩幅が消えた。

そして六つの靴音と、皮革のきしむ音と、剣鞘《けんざや》の軍袴《ぐんぴ》にあたる音が、少しずつ消えて行き、民家の暗い影に三人の姿はのまれてしまった。

歩哨の感傷

立哨。

時とともに、やわらかい窪地の土の上の冷たさが、だいぶんいたんだ軍靴のつまさきに、じいんとしみて来る。

砲声も、身近をかすめて飛ぶ弾丸の音もすくなくなったが、またしても、右方遠くの銃声と喚声は間断なくつづいた。

遠くの空に赤や青の火が上がった。何の音もなくすうと上がった敵の信号弾である。ゆらゆらと空の中ほどにゆれ、いつともなく消えて行く。

子供のとき、「なんだつまらない」といった、煙火《はなび》の「つり火」というのによく以ている。子供のときの記憶が、あれこれとうかびあがって来、追憶の中にとけていってしまおうとする。と、はげしい戦場の現実がさっきのように嘘のように思われ出し、「子供のときの夢にみた世界がこうして僕の周囲をとりまいている」そんな奇妙な気持ちの中にまた銃の重みと、だんだん冷えてくる指先と、つまさきと、何の気もなく手に触れる軍衣にしみこんだ夜気のしっとりとした感触に、はっとなるのであった。

竹内一等兵は、じっと立っていた。身じろぎもしないで、あたりを見つめるように監視していた。

しかし、竹内一等兵の、ともすればうごきそうになる心の中が僕には、よくわかった。しみじみしゃべってみたい、そんな心なのである。

はじめて歩哨に立ったときの気持ちは誰だってそうなのだ。

戦争の音以外、しいんとするような静寂そのものの夜戦場である。

「あ、虫がないている」

彼は息を殺すようにして、じつに低い声でつぶやいた。それはもう、どうしても自制出来ぬ欲求のようだった。

虫は、さっきからちろちろとないているのだ。

そのいずこでもかわらぬ音は、まったくはずかしいまでに、兵隊であるわれわれの気持ちを感傷の中へひきいれて行く。

竹内一等兵も、さっきからふるさとの思いと、虫の音の中に、聴覚と視覚以外の感覚を集めていたにちがいなかった。

彼の小さなひとりごとは、おそらくさっきからこらえていた孤独感からくるおしゃべりへの願いと、ひしひしとせまる夜戦場の感傷とが、押さえこらえていても口をついて出たものにちがいなかった。

ある時機は誰も同じなのだ。

――きょうの昼間、バットのけむりをふかふかとひとりで喫っていた彼を、にくらしいとまでに思った自分が反省されるのであった。

彼はただ人になつきにくいのだ。みんな兵隊である。彼の、須茂木重助以外の兵隊から取りのこされたような姿に、もっと近づき、はげましてやらねばならない。すぐに戦場には、なれるのだ。しかも彼の姿にはたしかに、重い荷物がかぶさっているようではないか。

質屋の若旦那よ。

「ほんと、虫が鳴いていますね」

僕は、そんな気持ちで小さくこういって、

「はじめてですね。歩哨は」

と、さらに小さな声で竹内一等兵に話しかけた。

「ええ」

もっと小さな声で彼が答えた。

しかし、その声ははずんでいた。

「戦闘よりは、楽です。けれど、雨のときはつらいですよ」

ほとんど、息をきしませるようにいうと、

「そうでしょうね」

と彼は前方をすかしみながらいった。

歩哨なのだ。

会話は絶対に禁物である。

二人の心は、双方からとけかかってくるのだが、これ以上しゃべることは、どうしても許されない気持ちだった。

竹内一等兵も同じ気持ちなのであろう。じっとあたりに監視の眼をみはっている。

耳をすませて、どんな物音もききのがすまいとする。首のつけ根がいたくなるほどの緊張がつづく。

話がとぎれると、またも、じいんとするような静けさだった。

右方の銃声も低くまばらになり、人の声もなくなった。

パーンパーンと頭の上で炸裂弾が鳴って、ひゅうひゅうと飛んで行く。

虫は、ちちちとないている。

長い時間だった。銃を持つ手がぴりぴりと冷たい。

話

さくさくさくと、夜つゆにぬれた土を踏んでくる軍靴の音、剣鞘の音がし、かすかな話し声がきこえて来た。

近づいてくる、交替兵の音である。と、もう身体全体がけだるくなり、ほっとして空をみた。星の色はなんという色なのか。美しい夜空である。ふるさとへもつづく天である。

虫の音がやんだ。

三人の兵士が来、どうしても小さくならぬ奥良兵蔵の声がした。

「さあ戦友。ゆっくりと寝てくれろや。家へ入ってすぐ右の隅に、寝場所はちゃんとこさえてあるぞや。立番はおらがひきうけた。チャンの五十や百匹、この紅葉潟がひねりつぶしてくれようわい。のびのびと寝てくれろや」

「ああ、たのむぜ」

あんまり大きい声に、はらはらして僕は奥良に悪い思いだったが、こうかるくいって窪地を彼らにゆずった。

もうはやく、ゆっくり横になりたい思いばかりである。

民家の方に歩きながら足がはずんだ。剣を鞘におさめ、銃をかついで大股に歩いた。

どうしたわけか行く手に一頭、痩馬《やせうま》が闇の中をぽくぽくと歩いていた。

僕たちが近づくと、長い顔をさし出し、顔を僕の身体にすりよせてくるのである。そして長い顔をよりそうようにして、ついてくる。馬も夜戦場の冷たい空気に淋しいのであろうか。竹内一等兵と民家の中へ入ると、馬も中へ入って来ようとした。

僕は竹内一等兵に銃をたのみ、馬の鼻づらをなでて、

「淋しいか」

といった。

馬はぶるぶるとたてがみをふるわせて、長い顔をうなだれた。

かつて、馬などふれたこともなかったのだが、なんとなくこのものいわぬ動物の心情も、しみじみとわかる思いである。

「がまんしろ。がまんしろ。ここは戦場だ」

僕は馬のくつわをとって、家の人口のところの樹につないでやった。

鼻づらをなでてやると、馬は顔をすりよせる。

僕の胸はあつかった。

家の中へ入ると、兵隊の人いきれでもうとするほどで、汗と革具と油の匂いがたちこめていた。よく眠っている兵士を踏みつけないようにと心をくばって、奥良のとってくれた部屋の片すみに行くと、竹内一等兵はあぐらをかいて待っていた。

「馬は哀れですね」

彼は感慨ぶかそうにいった。

「やれやれ」と藁の上に坐ると、

「煙草はいかがですか」

と、雑嚢の中から油紙につつんだバットをとり出し、僕にすすめた。

「じゃ、一本」

もらって、もうこれものこりすくなくなったマッチをすって火をつけた。竹内一等兵のきつねのような顔が照らし出され、外套をかぶり、天幕をかぶって眠っている兵隊が浮かび出た。いびきと、歯ぎしりと、寝息が部屋の中に流れている。

冷たい室気が、すうっと足もとから流れて来る。

「今夜は、冷えますすよ」

僕は外套をひっかぶり、

「さあ、寝ましょうか」

と身体をちぢめて横になった。

「はあ」

竹内一等兵はこういって、しばらくあぐらをかいたまま、坐っていたが、

「私《わたくし》の話をきいていただけますか」

と思いあまったようにいった。

「どうぞ」

彼の素朴な様子にうたれて僕は答えた。

「実は……」

彼も横になりながら小さな声でいった。

「昼間、位牌を入質する話が出ましたが……」

そこで彼は口ごもり、大きくバットを喫って、しばらく沈黙した。

苦悩の一等兵

僕はバットを喫って彼の話を待っていた。どんな話が出るのか。興味はあったが、眠くもあり、とかく、とろとろとしかけてくる。

「あの須茂木重助ですが……」

竹内一等兵は、こういって言葉をさがすように、またちょっと黙ったが、小さな声でつづけた。

「須茂木は、私の借家にいる漁師でして……。どうも戦場で妙な話のようでございますが、家賃を五つもためているのでございますよ。だから、というわけでもないんでしょうが、まあ御恩がえし……そんなつもりでもないんでしょうが、御承知のように、戦場に来てまで、私のことを『若旦那、若旦那』と、いろいろ世話をやいてくれるので、どうも、ほかの戦友の手前、困っているようなわけで……。いつか夜行軍のとき、須茂木がいなければ、私は落伍して敗残兵にやられていたかもしれぬこともございましたが……」

そしてまた考えこむように話をやめたが、

「あれは貧乏な漁師でして、でも、ちょっと人が好すぎるくらいで、それに真面目一方という人物ですが、なんせそれがたたって貧乏で、一般に南の方は嫁をとるのは早いのですが、いまだに独り身で、七十六になる母者《ははじゃ》と二人ぐらしでございます。……うう……その須茂木がお昼お話しした、私のところへ位牌を持って来たのでございますよ」

といって口をつぐんだ。

誰かが、

「おっ、お前生きていたのか」

と大きな声で寝言をいったからである。

「なるほど」

僕はあいづちをうった。

夜寒がしんしんと身にしみだした。

さいしょこの竹内一等兵の訥弁《とつべん》〔口べた〕はめいわくな話だったが、かすかにきく銃声と殷々たる砲音を背景にきいていると、眠気もいつの間にかうせてしまい、晩秋の戦場の夜寒が、軍靴をとおして、つまさきをちくちくとさすように、僕の情感をそそり出した。

「私は断ったのですが……、こちらも商売でございますから。が、あれは母者が病気だからとめずらしくねばるものですから。それに家賃をあれだけためて、あの律義な男が私のところへやって来たのでございますから、そりゃあ、よくよくのことだろうと、とうとう私は二十円、貸してやったんでございます。あとで、しまったとは思いましたが……。まああの男は、酒ものまず、悪あそびもせず、いつまでも貧乏なのは、まあ甲斐性がないとでもいうんでございましょう」

彼は新しいバットをとり出してマッチをすり、

「いかがで……」

と僕にすすめた。

「どうも……」

彼の手で火をつけてもらいながら、僕は彼の顔をみた。緊張した表情だった。

こくこくと息をのんで、自分の思いをさらけ出すような調子で彼はつづけた。

「ところが、四月《よつき》後、私はその須茂木家の位牌を流してしまいました。私のやり方が無茶だったのでした。期日の翌日。つまり私どもでは期日がすぎても一日だけは流さずにおくのですが、その日、私はつまらぬことから女房とけんかして、腹立ちまぎれに蔵に入ったところが、目についたのが須茂木の位牌でございます。私はむかっぱらであの男の位牌を流してしまったのでございます。流すといっても、位牌のことですから、流しようもありません。私はそれを、ていねいにかまどで焼いてしまったんでございます」

そういって、彼はため息をついた。

空想の一章

竹内一等兵は黙りこんだ。

僕は次のような場面を空想した。――夜気が身にしみ、寝そびれてしまったようである。

海の色は、ブルーブラックのインキのようにふかい色をし、中秋の風がざざざと海岸の松をならしている。

須茂木重助は小石のごろごろとした道を、汗ばんで歩いていた。おふくろの病気もよくなったし、県道改修の臨時工夫になって得た賃銀はしっかりと彼の手に握られている。

彼は半分はおそれ、半分はよろこびに胸をふくらませて歩いているのである。御先祖から代々のお位牌が、自分の手に、自分の家の仏壇にかえってくる日なのだ。しかし、利子を納めるべき期日は、もう一日経っている。

彼は心の中で、「いや若旦那のことだ。決してそんな非道はなさるまい」と自分を安心させる。が、また一方、「商売は商売」とも思う。足が速くなる。

「それにしても」と彼は思い出す。病気のおふくろが、先生のおかげでよくなって、床を払って起き出した朝、いつものように今日様を拝み、くらい家の中の、すすけた古い仏壇にお燈明をあげ、拝もうとして、「あっ」とさけび、網をつくろっていた重助をにらんだときのこと。重助は、かくあるべきことを思い、網をつくろいながら、おふくろの一挙一動に眼を、かなしいおそれの眼をそそいでいたのである。が、おふくろは何もいわなかった。そして、黙って七輪に火をおこしはじめた。ぱたぱたとはたく、やぶれ渋団扇《しぶうちわ》にも力がない。これは、病後のせいだけではさらさらないのだ。重助はそっと海岸へぬけ出した。――いまは、その重苦しい気持ちから解放されようとしている。

『質』と黒地に白ぬきの、のれんを横眼で裏口へまわる。

「ええお天気さんで……」

勝手口から田舎風の表口へぬける通路をみると、小暗く、ひっそりとしている。中風《ちゅうふう》〔脳卒中〕の御隠居さまはいつものように離れで寝ているのだろうが、それにしても、誰もいないとは……。

おそるおそる重助が店の方へ歩いて行くと、小格子の机の前に、若旦那がむずかしい顔をして坐っていた。

なんとなく、重助はあわててしまう。

「ええ、若旦那」

重助は腰をかがめて、お天気の挨拶をいおうと思う。が、こんないつもとちがう店の様子では、重助はあとをしゃべることが出来ない。

若旦那が面《おもて》をあげて、重助をみた。重助は一、二歩うしろへ退る。

「利息元金、持って参りましたが」

重助は、思いきって両手を差し出していった。

「流したよ」

若旦那は、たった一言《ひとこと》こういって、奥へ入ってしまった。

「そんなはずはない。そんなつれない若旦那じゃない」重助は一瞬こう思ったが、結局それは藁でもつかもうとする空《むな》しい努力のようなものだった。

彼はしょんぼりと、今度は表口から外へ出た。

「信心ぶかいおふくろは、何というか」重助はいっそ死んでしまった方がいいとさえ思う。といって重助は、若旦那を怨《うら》んでいるのではない。期限がすぎているのだからこれは当然のことだ。「けっきょく、自分がふがいないのだ」

家でおふくろは黙って坐っていた。そして何もいわなかった。しかし重助には、老婆がどんなに怒り、そして悲しんでいるかがよくわかった。

それから三日目の朝、召集令状が町に来た。若旦那も重助も召集令をうけた。町では最初の召集令が来たときと同じように興奮した。

バスに乗って重助とならんで出発した若旦那は、位牌のことで心をしめつけられる思いだった。


竹内一等兵は、しずかにいった。

「なんせ、それが私にはつろうございまして。……わかっていただけると存じますが」

善良な須茂木重助一等兵は、戦線に来ても、ふるさとの位置をまもった。自分のポジションを捨てることが出来ないのであろう。彼は竹内兵次郎《ひょうじろう》一等兵を若旦那とよび、いそいそと下男のようにつかえる。それは、彼にしてみれば、家賃を滞納していても、やはりおふくろをその家においてもらうありがたさに、恩がえしをしているつもりなのであろう。あるいは、おふくろから教えられたかもしれぬ。——竹内一等兵はそれだけに、須茂木家累代の位牌の件が苦しいというのである。

竹内一等兵は泣いているようだった。

やがて後ろの向こうで叫び声がし、轟々と砲が連続的に鳴り出した。昨日の砲兵陣地が火蓋を切ったのである。まだ暗かったが、もはや朝の気配だ。物凄い砲声に兵隊はぶつぶついいながら半身を起こした。

戦線の糞

前日のありさまでは、今日あたりこそは攻撃前進であろうと思われたのに、この日一日、それらしい命令は来なかった。

砲兵陣地の攻撃は午前十時ごろまでつづいた。

ずらりとクリークの線にそった、竹藪を利用し偽装をほどこした砲列は、いちばん端の砲から順次に火を吐いた。猛烈な砲の咆哮は、耳の中に錐《きり》のようにとび込み、頭の上を飛び越えて余韻をのこして消え、これがまた次々とつづいた。

その激しい、戦争の音響は、さいしょ僕の頭の中をひっかきまわしたが、それもいつの間にかなれてしまった。

朝ほのぐらいここ戦場一帯は、戦場らしく太陽はくらい雲にかくれ、陰鬱な空気の中に明け、戦争は活気をおびて来たように思われた。

しかし、僕たちは何もすることはなかった。のんびりした。そしてなんとなく落ちつかぬ時間が流れた。

僕たちは支那民家のむさい宿舎を出たり入ったりして、何かすることをさがした。どうせ、明日あたりこそは、前進命令が来るにちがいないと思われたが、踏み荒らされた僕たちの寝室（土間に豆殻や藁の敷かれた寝室は、歩哨の交替や食事のたびに出入りし、おしゃべりをするためにあちこちする兵士の軍靴で、めちゃめちゃだった）を一生懸命に清掃したり、台所に入って支那の鍋やかまを洗ったり、めずらしい支那の什器〔家具〕をみつけては、「いい土産《みやげ》が出来た」などとよろこんだりした。

昨日、僕たちがひなたぼっこをした外廓は、敵に面しない民家にそったコの字型の外廓は、ずっと糞の砲列だった。糞はほとんど血をまじえ、どいつもこいつも、やわらかい液体に近いやつばかりで、その糞の上にのっかった紙は、ほとんど戦線でひろった支那の黄味がかった紙

だった。中には、白いやわらかい日本の紙があざやかに、眼にふれた。

何しろ、これらの数多い糞がずらりと並んでいるところは壮観だった。

「どうもはや、臭い臭い。足の踏み場ものうて。おらが糞するところもないぞ」

奥良兵蔵が大声で、ひとりごとをいいながら、民家の中へ入って来た。

隅っこでごろんと寝ている僕をみつけると、

「のう戦友」

と、ひとりごとのつづきを僕のところへ持って来た。

「そうだな。どうだい。便所をこさえたら………」

寝ころんだまんま、僕がいうと、

「うん。そりゃ、名案じゃわい」

と顔をかがやかせた。そして彼はくるりとうしろをむくと、とっとと外へ出て行った。

何をすることだろう。僕は起きてみようかと思ったがやめて、あいかわらず寝ころんでいた。

「面白いことをいい出しましたね」

昨夜、すっかり心の重荷をしゃべってしまったせいか、元気になったらしい竹内一等兵が、
銃の手入れをしながら笑った。

その横で、やはり剣の手入れをしながら、分解された竹内一等兵の遊底〔銃のボルト〕の掃除の手伝いをしていた須茂木重助が、

「私もお手伝いしましょうか」

と竹内一等兵をみた。

「いや、いいんですよ」

困ったような竹内一等兵に代わって、僕が答えた。

しばらくすると、奥良兵蔵がにこにこしながら帰って来た。手には朱塗りの支那の糞尿桶《ふんにょうおけ》を持っていた。

「のう、この糞壺《くそつぼ》を埋めて、かこいをすりゃ、満点の便所が出来るぞや」

奥良はその糞尿桶をそこらにころがすと、「汚いからあっちへ置けよ」という兵士の言葉をきき流して、小円匙を手にすると外へ出て行った。

「おい、紅葉潟、何をやってるんだ」

兵士の声がすると、

「うん、便所をつくるんじゃわ」

という奥良の声がきこえた。

「おい、もう明日くらい、ここにいなくなるんだぜ」

「便所をつくってどうするんだよ」

「無駄なことじゃないか」

「お前だけここでやるのかい」

こんなひやかす声にまじって、

「方々で垂れると、臭うて、きたないからの。みんなもここへするんじゃ」

という奥良の声もする。

「馬鹿な男だ」

誰かがいったらしい。

「なにッ」

奥良の怒ったつつぬけ声がしたので、いそいで外へ飛び出すと、

「おらは、一等兵でも宮相撲の横綱紅葉潟じゃ。文句があるなら、一番とろうか」

と軍衣をぬいで、かまえていた。

怒らぬ彼が怒ったときの、唯一のポーズである。

「おい。よせや」

僕が声をかけた。

「うう……」

と、うなって奥良は立ちやみ、僕の方をみて、真赤な顔でいう。

「こやつは、阿呆たれじゃ」

阿呆たれの兵士は、紅葉潟の勢いにおそれをなして、てれかくしに、にやにやと笑っていた。

「ほう、出来たじゃないか」

僕は奥良の御機嫌をとるように、こういうと、彼は満足して自分の仕事を指さした。

土に穴が掘られて、例の赤い桶がすっぽりと入っている。いまその便所としての外郭工事がはじめられようとしているのだ。

竹や木で四つの柱がつくられ、その壁となるべき蚊帳《かや》のような切れ布や、ぼろ板がつまれていた。

いい心持ち

須茂木重助がぽっかりと入口から顔を出した。海にやけた黒い顔も、戦苦にあおぐろくなって、頬がこけて、目玉だけが光っていた。この男が、いかにも律義な位牌入質の主人公とは、どうみてもみられなかった。

「ほう、これはいいものですわい」

心からこの便所作成に賛意を表したのは、須茂木重助だった。そして彼はいそいそと奥良のそばに行き、木片をひろったりして手伝い出した。

「のう戦友、なんとこれはええ考えじゃろうが」

奥良は、この手伝い人にいった。

「そうですなあ。だいたい、戦場に来ても、野ざらしで糞はいやですわい。やっぱり、れっきとした便所で糞がしたいもんですからな」

須茂木があいづちを打った。

二人のこころ正しい兵士は便所をとうとうつくり上げた。まるで乞食の小屋のように、ぶさいくなものだったが、扉はさっと開くように出来ており、素肌の尻を他人にみせずに、脱糞するには用は足りるようにみえた。

奥良は扉を開けて、中をのぞき、

「壺がええ。なんときれいに、赤う塗った壺じゃ。こんな壺に糞をたれると、尻がはれようぞ」

と、うれしそうにいい、

「のう戦友。戦友がいちばんにしな」

と僕に笑った。

「いいよ」

僕が遠慮すると、

「二番目は、お前の若旦那じゃ。よかろうがな」

奥良は、にこにこしながら助力者の須茂木にいった。

須茂木重助は、白い歯並みをみせて、うれしそうに笑った。

昼食《ちゆうじき》を食い、またしてもぼんやりと部屋の隅っこで僕は寝ころんだ。昨夜、竹内一等兵の話と歩哨でさして眠っていないにかかわらず、大して眠くはなかった。しかし、なんとなく身体がだるかった。

天井には煤《すす》がはって、ただ横に桟《さん》をした上にもろい質の瓦がならべられてある。その瓦のすきまから、曇った空がみえた。壁はこれも瓦と同じ質の土を焼いたものを、柱と柱の間に積みかさねてあるだけで、すうすうと冷たい風が流れこんで来る。

豆殻の節がごりごりと背中に痛い。

ふるさとのくらしと、なんとかけはなれた世界だろう。音響と土と、汗とあぶらと、血と軍服の世界。そしてここには支那人が、のうのうとくらしていたのだ。

まだしっかりと、戦場になじめない。

美しい音楽がききたい。こうした耳をやぶるような物凄い音よりは、きれいな美しい音楽がききたい。美しい本が読みたい。匂りたかいコーヒーがのみたい。

欲望と、あこがれがいり乱れ、そして戦場の音と臭気が、これをかき乱す。

（明日あたりは前進。生きているかしら）

（生命は惜しくない）

（僕は弱くない。戦場に来て、インテリゲンチャ〔知識階級〕は弱かった、といわれたくない。

――戦争を反省して、その戦闘のたびたび、僕は決して、人に笑われるようなことはなかった。

いや、むしろ、勇敢だった。欧洲大戦のとき、シェル・ショック（戦争恐怖病）にかかった兵士は数百万あったという。僕は平気だ）

僕は雑念をすてるために、軍服のポケットから、小さな本をとり出した。それは、僕の好きなシャルル・ルイ・フィリップの手紙である。

勝手なページを開いてよみ出す。

いつのまにか、僕は自分の書斎に寝ころんで、本を読んでいる錯覚の中に陥《おちい》ってしまった。

しばらくして、本から眼をはなした。

外へ出て、奥良のつくった便所へ入った。

赤い壺には、もうだいぶんたまっていた。そして、枯草がのっかっていた。僕は紙を忘れて来たのに気がついた。

そして、フィリップの本の数ページを破りとった。

いい気持ちだった。ふるさとの田舎の味がしたのだ。

攻撃準備

その翌日、いよいよ攻撃前進命令が下った。

十五時（午後三時）を期して、部隊は火蓋を切るという。

昼食のおかずに、玉葱を切りながらいう。

「このめしが、おれの最後かも知れんぞ」

「馬鹿いうな」

「戦争がつづくかぎり、お前は玉葱を切れよ。なあに大丈夫だ」

「おれはいつまでも生きる。チャンの弾丸《たま》などあたるかいや」

支那瓦や、石を積んで出来た炉には、火がいぶる。

となりの、台所を陣取った分隊は、支那鍋に分隊の米を集めて共同炊事だ。

「おい。この鍋のめしを食った連中は、みんな生きてろよ」

そんな声がする。

「おれは、どうもいかん。今度の戦闘では、きっとやられる」

「馬鹿」

「とはいえ、女房の別れがちょっとつらいぞ」

さわがしい炊事は、いつものことなのだが、戦いを前にして、おのれの生死を前にして、この炊事の時間の饒舌《じようぜつ》は、言葉のひとつひとつがきらきらと光っているようだ。

僕は、飯盒に味噌をとかしこみながら、ふっとみた。

支那兵の死体が一つ、ころがっているのを。

(屍《しかばね》を戦場にさらす。……いい言葉じゃないか)

飯は出来、飯は終わる。時間が刻々と流れて近づいてくる。

「この茶碗、おさらばだ」

一人の兵士が、ここに来て以来どこからかさがし出して来た支那の茶碗を、石の上にたたきつけた。彩色の美しい茶碗は、ぱちんと、こなごなにこわれた。

「ああ、すっとしたよ」

その兵士は立ち上がって、足をふみならし、

「さあ、矢でも鉄砲でも持って来いだ」

こういって彼は、にやりと笑った。

「ほう、見事ぞや」

最後の一人になって、まだ飯盒からめしをかきこんでいる奥良兵蔵が、その兵士を見上げていった。

「おお、さむらいじゃ。そんな男にゃあ、チャンの弾丸が、よけて通るぞ」

奥良は一人うれしそうに笑った。

僕たちは三日間の休止で、いつの間にかふくらんだ、雑嚢や背負袋の中を整理した。いろんなものを捨てて、最後に僕は白磁のコーヒー茶碗を手にして、どうしようかとまよった。それは、あまりいい品物とは思えなかったが、爪先で弾くとぴぃんぴぃんといい音がした。氷砂糖をとかし、からす麦の麦茶をのんだだけの、かなしい茶碗だったが、この陶器のふちの

唇にあたるあの感触は、すてがたい。

しかし、僕は捨てて行く決心をした。

（この戦闘で、死ぬかも知れない。持っていて、何になろう）

新しい靴下につめた米、ハトロンの封筒の底にたまっている塩、乾麺麭と乾パン、ノートとエンピツ、味噌、うめぼし。

そして、きりきりと巻脚絆を巻きなおし、水筒には、クリークの水を沸かした臭い湯をつめた。

銃、剣、薬盒、雑嚢、背負袋、防毒面、水筒――それから……これで忘れものはないはずだ。

僕は身近にそんなものをひきよせて、ごろんと横になった。

兵士たちは、みんな炊事どきの饒舌を忘れて、きゅっと顔をひきしめて、装具を身につけていた。

少しでも眠ろう。

僕は眼を閉じた。すると、今度は少しでも起きていようと思った。死ぬならば、こんな時間だけでも、生きていると自覚していたい。眠ればそれだけ損なのだ。

「おう。腹がいっぱいじゃ。腹がへっては、いくさが出来ぬ」

奥良兵蔵がこういって立ち上がり、飯盒をぶらさげて、クリークへ洗いに行った。

「若旦那、やりましょうぜ」

この声に、みると須茂木重助が、竹内一等兵の装具をつけるのを手伝っていた。竹内一等兵は向こうむきになって、装具をゆすり上げていた。

(やろうぞ)

僕はこう口の中でいって起き上がった。

「ほい。防毒面の紐が垂れてる」

竹内一等兵の世話に夢中になって、自分の用意を忘れている須茂木のうしろから、僕は好もしい気持ちでその防毒面の紐をひっぱった。

「これはこれは――」

須茂木が黒い顔をして笑った。

「いっしょに、行きましょう」

僕は、竹内一等兵と須茂木にいった。

竹内一等兵は蒼くひきしまった顔で、無理に僕の方をみて笑った。

「馬鹿ッ」

という大きな声が部屋の隅でした。

装具をつけ終わった兵士が手帳に何か書いていたのを、まだ背負袋の紐も結んでいない兵士が背負袋を背中で重たげにぶらぶらさせ、その手帳をひったくった。

そして泣きわめくような声で叫んだ。

「遺書なぞ書くのはよせ。縁起でもない。やっつけて、生きるんだ」

須茂木重助戦死

命令に従って、僕たちは外に出、番号をとって一人ずつ、民家の前面へとび出して行き、竹藪の中を這って戦闘体形に開きながら、前進の命令を待った。

僕たちを発見した敵は、猛烈に射ち出した。

彼らの姿はみえなかったが、約六百メートル前方にかすかに煙が横に帯をひいている。射っているのだ。

ひゅっひゅっと、弾丸は無気味なうなりを生じてむやみに飛び、プップップッとそこら中に落ちた。

敵まで、ちょっとしたボサや土饅頭《どまんじゅう》があるだけで、刈られたあとからまたしても伸びた二、三寸の麦の青い麦畑と、一尺ばかりの高さの棉の畑ばかりである。敵の機関銃や小銃の音の中に、小さくあさい壕の中にちぢこまって、ときどき顔を出してみるのだが、弾丸は壕の前の土をはねあげてつったち、僕たちは泥をかぶり、口の中はじゃりじゃりした。

こいつがあたれば、参るというのか。

僕は不思議な気がした。

「馬鹿にしてやがる」

僕の右横に奥良兵蔵、左は須茂木重助、その左が竹内兵次郎である。そしてその左右には、辛苦を共にし、死生の線を越えて来た戦友がならんでいる。みんな一様に蒼い緊張した面持ちで銃把をぎゅっとつかみ、足をふんばって、壕の壁に鉄兜をおしつけていた。

「前へッ」

大きな声が飛んで来た。

「よいしょッ」

奥良が飛び出した。

弾丸のすきをうかがって、あちこちで各個躍進がはじまった。

ひゅううん、歩兵砲が火蓋を切った。

うしろで、タンタンタンタンと重々しく力強い友軍の重機関銃が射ち出した。

「そら、今だ」

弾丸がはたと少なくなる。

僕はさけんで走った。

「よしッ」

「くそッ」

口々にさけんで走る。

ぴゅッ、ぴゅッ、ぴゅッ、ぴゅッと、弾丸が、正面からふき降りのように思われる。

その中を、「俺には弾丸はあたらんのだ」と、口の中でかみしめて走る。

走って、ばったりと倒れるように、伏せる。走りながら、背中にまわした円匙が胸の方にまわって来て、伏せるたびにぐんと胸をつく。

ああ、恋人。

母。

銃火とさけびのほかは何もない。

呼吸がはずむ。大きな息で、あたりをみると、右手に銃を、左手に円匙を持ったりして兵士が伏せている。

と、何かその懸命な表情と姿勢がおかしくなって来て、にやりと笑いが口のあたりにうかぶ。

それは、一つの誇りのようなものだ。――こうしていながら俺には心に余裕があるのだ。

「おい」

隣の兵隊に大声をかけると、その兵士も頬ぺたに土をくっつけたまま、にやりと笑った。

「借金払ったか」

僕がいう。

「まだだ」

「じゃあ、大丈夫だ。そら走れ」

僕は走る。走りながら、やられたと思う。実は何でもない。

伏せる。

(やれやれ。まだ生きているぞ)

遮蔽物がないので、みんなわずかな麦畑のうねに、頬ぺたをくっつけて、ぎろぎろと前の方を睨《にら》んでいる。血走った表情だ。

ひょっと、右手をみると、奥良がこちらをむいて笑っている。

「何がおかしい」

僕がさけぶ。

「うんにゃ。戦友、いこうぞ」

彼はまた笑って、前方を見つめ、得意の「いよッ」というかけ声で走った。

肥った大きな図体が左右にゆれている。

「あいつ、がにまただぞ」

こう、なんとなく浮々《うきうき》して、僕も走った。

耳のつけねのあたり、ぴゅんぴゅんと弾丸が飛んだ。あおりをくらった僕の首は、ひんまがりそうになり、耳がわんわん鳴った。

「こんちきしょう。もうやめだ」

また伏せる。

みると奥良はまだ走っている。土饅頭のあるところまで走るつもりらしい。

「あッ」

危ない、とさけぼうとした。奥良が前につんのめったのだ。大丈夫だった。彼は土饅頭に飛びついたのだ。そしてやっこらさと土饅頭の前にあぐらをかき、膝射ちの姿勢で射ち出した。

「いよう。あの大《お》っきい樹んとこに、チャンがみえるぞや」

彼はうしろをむいてさけんだ。

ずっと右でうなる声。

それにつづいて、きんきんする声で、

「山崎伍長、戦死ッ」

と、さけぶ声。

「分隊の指揮は、山崎伍長に代わって、三原上等兵がとるゥ」

かあっとなって、僕は走った。

奥良の横にとびつくように位置すると、音響のひっかきまわす空気を胸いっぱいに吸いこんで、

「敵はみえるか」

と奥良にたずねた。

「いよッ。戦友」

彼は僕の方をみて笑い、

「おらの戦友を一人殺しやがった」

とうなるようにいって、

「チャンはみえるとも」

彼は上半身を土饅頭の上に乗り出して指した。

「おらの戦友を、一人殺しやがった」

奥良はうなり、奥良は射った。胸に燃え上がってくる敵意を吐き出すように僕も射った。

また走る。呼吸もなにもない。銃剣は泥にまみれ、兵隊は泥だらけになって走った。一躍進ごとに、おのれの生命を感得し、左右にやっぱり生きている戦友をみる。竹内一等兵は口をゆがめ、銃剣を両手に持って走る。須茂木重助も漁師やけの黒い目玉を光らせ、唇をかみしめては走る。怒号と絶叫と、音響の炸裂する中を走っては伏せる。やられたッという叫び。

（おれに弾丸はあたらんのだ）

と、右前方にみえる竹藪にタタタタタと敵の機関銃が鳴り出した。

「隊長殿ッ、右前方の竹藪に敵の有力な重機〔重機関銃〕三！」

誰かが目ざとく見て、叫んだ。

「よォしッ。三四分隊、攻撃目標、右前方の重機！」

「機関銃隊、三四分隊竹藪の重機を攻撃するッ。掩護たのむッ」

二百メートル。友軍の重機関銃弾がびゅっびゅっと僕たちの頭の上を飛ぶ。走る。小きざみに躍進する。また苦痛に唸る声。

僕の眼前を、日の丸の旗をつけた銃剣を左手に、右手に手榴弾を握った兵士が弾丸の中を走り出した。伏せもせずに走り出した。夕ぐれの色がにじみ、銃剣の日の丸がはためいている。

「うわッ」

竹内一等兵が吠えるように叫び、

「須茂木」

と唸った。須茂木重助だ。善良な人物、須茂木重助だ。五十メートル。うんと右からまわった彼は奇蹟のようにボサに伏せた。すると三四分隊全線が走った。僕も走った。士気は昂《あ》がったのだ。須茂木一等兵は身を起こした。手榴弾の栓をぬいている。信管を鉄かぶとにぶつけた。それと同時に走り出した。立ち止まって投げた。彼は倒れるように伏せた。轟然と手榴弾が爆発した。うわッうわッ、僕たちは走った。竹藪の中へ飛び込んだ。

もうあたりはうすぐらい。支那兵の新しい屍体がころがっていた。竹藪の中に掘られた壕に入って、くちゃくちゃになった煙草に火をつける。呼吸が肩のところで弾み、肺全体がきりきりと痛むほど、空気と煙草のけむりが流れこむ。

おお、生きていた。生きていた。手をみ、足をみ、空を仰ぐ。生きているのだ。それはなんとも名状しがたい気持ちだった。

左翼は少しおくれて、前進をつづけている。少し低くなったが戦いの音響は紫色の夕ぐれの空気を震わせつづけている。僕たちは敵の掘った壕の壁に身体をもたせかけ、煙草を無意識のように喫って、それを眺めた。うしろをみると、後続の兵隊の姿がちらちらとみえるだけで、もとの平和に近い風景である。左翼の兵隊は躍進をつづけている。ふとみると奥良兵蔵は、壕の上に這い上がり、竹の根を腰掛にして悠々と膝射ちの姿勢で、逃げる敵を黙々とねらい射ちしているのだった。

僕はひょっと、御用船の中で彼が、おらは現役時代、膝射ちでは満点ばっかりよ、と、自慢していたことを思い出した。ああなんという……。

このとき突然、悲鳴に似たような竹内一等兵の叫び声がした。

「おい、須茂木。須茂木！」

そしてその声はかすれて行き、狂気のように叫び出した。

「おい、須茂木ッ。ああ須茂木がいない。須茂木がいない」

するとほかの兵隊たちも、思い出したように、夕ぐれの生々しい戦場で、戦友の名を呼びかうのであった。

あわれ

隊を集結し、僕たちは棉畑の中に二列横隊にならんだ。ふむ土のぼこぼことしたやわらかさが、惻々《そくそく》と〔悲しく〕身にしみわたる。

（この軍靴のふんでいる土に、もはや僕たちの戦友の血がしみついているのだ）

「おお、無事でいたか」

「ありがたい！」

手を、泥によごれた手を、おたがいに握りしめて、あるいは抱きあって、もう声は涙ぐんでいる。

生命は、さほど惜しくはないが、おたがいに無事な姿を、肉体で知り、触覚でたしかめ得たよろこびは、何にたとえるものがない。ただ、ふき出すように、胸からほとばしる歓喜があるだけである。

夕闇の中で、一つの黒い影絵のように、濃い紺色の空をすかしてみえる、兵隊のかたまりは美しいばかりである。

僕たちは新しい敵の壕に一夜を明かすことになった。誰もみな、さっきまでの死闘の苦しさを忘れている。せっせと、寝心地のいいように、壕の中の手入れにいそがしい。藁をもってくる。水たまりに土をはねこむ。塹壕の壁を掘って、うまく頭をもたれさせるようにする。

星がかがやき出す。

空いっぱいの美しい星である。

「乾パンは食ってよろしい。ただし乾麺麭は食ってはならない」

こんな命令が来た。

みんな壕の壁にもたれ、天幕をかぶって、乾パンを食い出す。かさかさかさと、こころよい乾パンの音がする。袋の底から金平糖《こんぺいとう》をつまみ出す。口の中で、とろけていく甘さ。

兵士たちは食い、かつ、しゃべる。さっきの戦闘のありさまを思いうかべ、おもしろおかしく語り合うのである。

「なんせ、お前が、弾丸が来て頬ぺたを土にくっつけたかっこうったら、なかったぞ」

「馬鹿いうな。お前こそ円匙を前に立てて走ってたじゃないか。まるで大きなおしゃもじで顔をかくして走ってるようなもんだぞ」

「おれは、ダダダ……と猛烈に来たとき、ふっとお守りをつかんでみたね」

「正直だぞ」

夜気は重く、しめっぽく、また大地からしのびよる冷気は肌にしみる。

「ああ」

竹内一等兵は、兵士たちの中から離れて、坐りこみ、黙々と何か考えつづけている様子だが、時々悲痛なうめき声を出した。

須茂木重助のことを、思いわずらっているのであろう。それは悲しい場面であった。

ぱっぱっと、煙草の火の明滅するたびに、兵士のやつれた顔が闇の中に赤くうかび上がり、蕭々と吹く風に、偽装の草木が鳴った。

「ああ、須茂木」

竹内一等兵はつぶやく。

勇敢な須茂木重助一等兵は、あのとき敵の中に手榴弾をたたきこむと同時に、胸から腹部へかけて、機銃の弾丸をうけて即死したのだった。

「のう、戦友。そら、なんぼくやんだとて、漁師の須茂木は帰って来ぬぞや」

奥良兵蔵がなぐさめている。

戦友たちは、竹内一等兵の悲しみを、ただ一般の同じ町から出征した友人の死を悲しんでいるのだと考え、そうして、親身になぐさめた。

須茂木の光栄あるなきがらは、壕の中に、竹内一等兵が守るようにして、安置されている。僕は彼の胸の中を去来する、呵責《かしやく》に似たような気持ちと、悲しみとの重圧を充分に察することが出来るだけに、なんのいいようもなかった。

「きれいな星ですよ」

僕は遠く爆音のする夜空を指さした。手も足も、夜気に冷たい。尻もぞくぞくと寒気《さむけ》をにじませてくる。

「はあ」

彼は放心したような調子で、気のぬけたような返事をしただけである。


夜は更けてくる。

壕の上を歩哨が歩いている。

きめのこまかい支那の土肌は冷たい。偽装の草木は、枯れてさらさらと風に鳴っている。兵隊はもうほとんど土にもたれて眠り、なかにはまだ煙草を喫っている兵士もいた。深い広い壕の中で、ぼっぼっと火が赤く強くなったり弱くなったりしている。またカリカリと乾パンをかじる音、がさがさと乾パンの袋の底の金平糖をさがしている音もする。ときどきパーンパーンと銃声がひびく。じかに土に坐って、尻がじゅんじゅんと冷たい。僕は銃を抱いてとろとろと眠りかけた。眠りかけては冷たさにぶるんと胴ぶるいして眼がさめる。奥良兵蔵はすうすうと眠っている。地上を行ったり来たりする歩哨の銃剣が、遠くあおく光っている。

再び前進して

未明近く、僕たちは起こされた。

前進を開始するというのである。

地上に集結して密集隊形で進んだ。

やがて夜が明け、白々《しらじら》と光りが戦場をつつみはじめた。しっとりと露をおいた田畑には支那兵の死体がいくつもころがっているだけで、静かだった。最初到着した部落には人かげもなく、幾条も幾条もまるで大地の傷口のように掘られた抵抗線にも敵はいなかった。僕たちは夜明けと同時に一列縦隊となり、銃剣をかまえたまま進んで行った。四キロ近く、一人も敵をみずに相当大きな部落に到着し、ここで休止した。家の中はおそらく支那兵の宿舎になっていたのだろう。大きな部屋部屋には両側に藁が敷かれ、手ぎわよくつくられた寝床があり、そのまん中には焚火《たきび》のあとがあった。

敵の電話線は空しく地を這っている。

兵隊はあちこちと、家々をのぞき歩き、砲弾や小銃弾などをいくつもいくつも、箱のまま拾って来たりした。

マージャンの牌《ぱい》なども拾って来た兵士もいた。

「戦争しながら、マージャンやってるなんて、いやなチャンだぞ。ばくちなんだ。壕の中に、銀貨や銅貨まで落ちているんだ」

「びっくりして逃げ出したんだろうよ」

僕たちは彼らのあわてた姿を空想しては笑った。

箱いっぱい、ぎっしりとつまった迫撃砲弾を、おそるおそる手にとって、「ふうん、あのひゅるひゅるひゅるという奴は、このプロペラのせいか」

と新しく戦線に加わって来た兵士が感心したりなどし、僕たちは笑いふざけてたのしかった。

この調子では、どうやら今宵は家の中で、チャンの寝床をそのまま拝借して眠れそうな様子だからである。

「いよう、戦友。負傷したチャンが家の中にかくれていたぞい。おらをみると、手を合わせて拝みおったわい。おらは人間から拝まれたのは、はじめてじゃ。足をやられて動けんのじゃよ。おらは、可哀そうじゃと思うて、残っとった煙草を喫いつけてやり、乾麺麭を食わせてやったら、涙こぼしとったわい。うん、若い男前の兵隊じゃ。おらよりは、よっぽどええ男ぞや」

奥良兵蔵一等兵が木切れと、野菜類をてっとりばやくしこたまかかえて帰って来た。

「どこにいるんだ」

一人の兵士がたずねた。

「この家の前の、左へ三軒目の裏の小屋じゃ」

みんながぞろぞろとその方へ出かけて行くと、わが紅葉潟こと奥良兵蔵は、もうすっかりそのことを忘れてしまったように、

「火がいちばんの御馳走じゃ。のう戦友」

と、支那兵の焚火のあとで火を焚きはじめた。

けむいけれどもなつかしい煙がただよった。五人ばかりの兵隊が火のまわりをとりまいて、夜つゆにぬれた軍服を乾かし、手をあぶり尻をあぶった。

「茶を沸かそうや」

「飯の用意だぞ」

彼らは火にますます元気を得て、背負袋から飯盒をとり出し、靴下から米を出し、奥良のとって来た野菜を刻み、朝食の用意にかかった。

「うん、おらは、ちゃんとええ鍋をみつけてあるんじゃ。取って来うっと」

奥良は急に思いついたように、またかいがいしく立ち上がって、外へ出かけて行った。

「おもしろい兵隊だな」

一人の兵士が、奥良を見送っていった。

「僕の親友だからね」

僕はちょっと愉快になっていった。

「おらは、宮相撲の横綱よ。一番取ろうか」

一人の兵士が、怒らぬ奥良が怒ったときの表情をまねていった。

みんな笑った。

その部屋の隅に、僕たちから離れて、竹内一等兵がしょんぼりと坐っていた。

戦場の位牌

竹内一等兵は何を考えているのだろう。

須茂木重助のなきがらは、前進のとき、さきの壕の中に安置されたままなのである。その場で火葬にすることも、薄暮攻撃ゆえに出来ない。未明の攻撃のゆえに出来ない。これは戦場の常であるが、彼は位牌のことと、須茂木のなきがらのことを考えているのかも知れない。

「いらっしゃい。来ませんか」

僕はわざと元気な声をつくって、彼をよんだ。

「はあ」

彼はこういって、しょんぼりとやって来、僕たちの間に坐った。そして、ただなんとなく、うっすらと笑った。

「元気を出しなさいよ。そりゃ、貴方の気持ちは、よくわかりますが、それじゃあ貴方が病気でやられてしまいますよ」

僕がこういうと、彼は「うん、うん」とうなずいて、眼に涙をためて僕の方をみた。

「わしと兄弟みたいにしていた戦友が、斥候に出て戦死したよ。子供のときからの仲よし友だちだったがね。だが仕方がないよ。ここはなんといっても戦場だからな」

一人の兵士がいった。

竹内一等兵は、先生にさとされる教え子のように、うなずいた。

「まあ、つらいもんだ。そのとき、おれはそいつの女房に、子供もありますがね——どう手紙を書いてよいか迷いましたよ」

「おれは、たった一人だが、戦友、ほんとうの親しい親友が死んだら、ああだと思ったね」

また一人の兵士がいった。

「東部郭家宅《とんかたく》の戦闘だったか、ひとまず終わって、隊を集結したんだ。そのとき一人の兵隊が、よその隊の男だったが——負傷した兵隊を背負って退ってくるんだ。その兵隊は、背中の兵隊にいっしょうけんめいで、『おい、しっかりしてくれよ。もうすぐだ。もうすぐだ』といってるんだ。ところがよくみると、その負傷兵はもう背中で死んでいるんだ。それでおれが、『おい、戦友。背中の戦友はもう死んでるじゃないか』といったんだ。そのときの、あの兵隊のおどろいた顔ったら。その兵隊は、死体をそっとおくと、大声をあげて泣き出したよ。生きてる奴にいうようにね。みているおれの方で、胸がつまって、涙が出た。もうみちゃいられなかったぜ。

そのときは」

「何といっても、戦場だ。お国のためだ。かわいい子供たちのためだ。それでいいんだ」

さきの兵士がしみじみといった。

「そう、戦争に来ているんですからね。竹内さん、貴方も僕も、いつトンコロリンと逝《い》くかもわからないんですよ。戦場です。もっとのんびりした気持ちになったって、誰も怒りも怨みもしませんよ」

僕は、戦場という巨大な、不可解な動物的なものを、ひしひしと感じながらいった。

「そうですね」

竹内一等兵は、やっと晴々《はればれ》したように答えて、バットをとり出した。そしてそのバットを、火のまわりの兵隊に配りながら、

「よろしくたのみます」

といった。

「戦場、戦場、よろしくも糞もない」

山口という一等兵が興奮したように叫んだ。

竹内一等兵の属している四分隊は、朝食前に死体収容に出かけよ、という命令を受け取った。帯剣と防毒面だけ、それに三人に一人の割合で銃を持って、急造の担架をかつぎ、出かけて行った。出かけるとき、彼はいった。

「私は、あの代わりに、位牌をつくって、それをしっかりと持って、入城するつもりです」

といった。そして彼は担架をかついで、朝霧のもと来た方へ歩いて行った。

それがいい、それがいい、僕は口に出してつぶやいた。

奥良兵蔵が支那鍋を二つぶらさげて丸い顔をニコニコさせ、

「どうじゃ、戦友。いい鍋だろうが。これで炊いた味噌汁は、うんとうまかったぞ」

と大声でいいながら帰って来た。そして途中で立ち止まり、くるりとうしろをむくと、彼の腰の帯革《おびかわ》に白い菊の花が一束ささっていた。うしろむきで彼はいった。

「おらは聞いたぞ。戦死された山崎伍長殿と須茂木重助は、ここで火葬じゃろ。供《そな》えるんじゃわい」

戦線抒情

小行李の馬

わが馬
銃火にやせて
弾丸《たま》のうなりに
耳もうごかず
秋の雨にぬれ光る
つながれた藪に
竹などかじる
哀れ黄色なる歯ならび
笹の葉は
皮膚におちかかる
乳色のけむりの中に
一夜の雨に

声もなく
馬は前膝をつき
やがて死んだ
首輪の重たげに
鞍《くら》ずれのあおい膿《うみ》
骨のありありと
その横腹

突撃の寸前

じっと大地に伏せていると
むせるような土の香《にお》いがする
枯れかかった雑草の匂《にお》いもする
飛び越えて行く弾丸《たま》のうなりも

単音の連続する機関銃のひびきも
一匹の虫の音《ね》に消えてしまい
土に頬をすりよせて
そっと前の麦の芽を撫でてみる
瞬間の生命《いのち》のありがたさを感じ――
命令！　パッと走り出す
もう戦死者のうなるこえ

攻撃の後

うすやみの中に
日の丸の旗あり
にぶく光る銃剣
われは生きてる

戦友をさがして
叫ぶ声はあるに
ただむなしくて
すすり泣くあり

土の香《か》や草の香《か》
あいつもかれも
もはや帰らずか
この土に終《おわ》るや

敗残の敵追うて
銃声の二発三発
薄暮の色は深く
日の丸やほのか

森

白くけぶる
森の中に
のこしてきた墓
白木《しらき》にエンピツで
つわものの墓

いまわれは
また征《ゆ》かんとす
静かな森
ほのかにうかぶに
さらば　手をふる

尺牘抄《せきとく》

〔尺牘＝手紙〕

元気かや
山は静かかや
渓《たに》の水
青い樹々など
みたく候《そうろう》

猫の子の
そだちいかにぞ
戦場に
仔猫いっぴき
まよい候

稲刈や
いかになされし
わがつまよ
晒《さら》しもめんの
におい候

音楽

ハモニカのカルメン抜萃曲《ばつすいきょく》
樹間にながれ壕に這い
あの音《ね》ものわびしきもの
砲声にさえわたる

水牛

夜ざむしむ
歩哨の銃に
そっとふれてくる
ふるさとのうた

主《ぬし》のない
水牛も眠ったか
かすかに
戦友《とも》のはなしごえ

麦の芽

枯られた麦がのび
あおい秋の麦ばたけ――
担架の戦友《とも》は
手をのばす
血にそんだ軍服に
のせてやる麦の芽三寸

戦跡

誰の剣か
黄色い草に

かなしくさびて
霜が白い

敵のあおい手榴弾
ひき紐もたれ
二つ三つ
卓子《テーブル》の下に
支那ぶとん
こげた支那ぶとん

漢字ばかりの
書物土にまみれて
しみている血
硝煙のまだけぶる

敵屍

おさないかおつきで
眠っている支那兵
朝露に軍服ぬれて
あわれあおい皮膚
これがあの敵
祈るこころは
ゆるせ　いくさぞ
――秋雨なぞ降りそそぐ

野戦病院附近

野戦病院

戦火の跡のがらくたの上
雨はあかちゃけた樹々の葉たたく
軍服の袖をきりとり
白い包帯の腕を首にかけ
小便をしている兵隊の首すじ
秋の雨はその首すじをぬらす

負傷兵の酒保《しゆほ》

〔酒保＝兵隊向けの売店〕

羊《よう》かん一本
砂糖が流れて

包み紙はべとべと
片腕で　ほい二十銭

甘い　甘い　うまい
黄色い歯に
かみきられる羊かん一本
髭の頬には
まだ戦争の血がくっついている

酒保の庭

砲弾でくずれた瓦は
もう道のがらくた
硝煙のにおいはないが

首のない敵屍《てきし》がころがっている

でこぼこの道を行く砲車
くもり空の冬に
にぶく光って砲身はゆらぐ
ぐわうぐわうぐわうと音

酒保のおやじめ
みんな兵隊に売れて行く

野戦病院のクリーク

くされ竹垣の下に
あおいうきぐさのクリーク

朱ぬりの円卓《まるテーブル》が浮いている
捨てられた血の三角布《ぬの》
初しもにきらきら

野戦病院に働いている
支那人の子持ちの中年女

ばけつの水をこぼすまいと
小さな足で往《ゆ》き来《き》するのに
どうしてもこぼれる水
かわいい子供がくっついてあるき
母の顔ばかりみつめてあるく
はつふゆのくもり空

軍服のままの負傷兵は
ぼんやりと その母をみ 子をみる

陸軍病院抄

梅

みなみのひざしうけて
梅がふくらんだ
もはや白い病衣《びょうい》も着なれて
松葉杖もみなれて
ああ　春と　つぶやく患者

看護婦さん

窓ぎわの陽だまり
歩く看護婦さんの
白いもすそに

冬陽《ふゆび》が光る
春の色もただようて

ギプス

白い粉とぶ
陽のひかり
ずいずいと
のこぎりは
ギプス切り
肌の色には
血がひかる

ああおれの

足が出たぞ
白い病衣の
患者の顔に

喜びのいろ
足にみいる

灯

病窓遠く
灯がとぼると
患者はそれに
眺めいる

廊下吹く
風のつめたさ
わすれはてて
眺めいる

街の火のいろ
白いきもののかげうごく

草

病棟の庭土に
ちょろちょろとあおい
草の芽もえる
片足の患者

はだしのままで
ふんでみる
春の靄《もや》あり

子供の戦争

出征

一

義《よし》ちゃんは、意地悪い子供でした。村の学校の五年生ですが、力が強くて、けんかをすると六年生でもかなわないくらいです。

去年の春、校庭の桜が満開に咲き誇っていた頃、義ちゃんは、おとうさんとおかあさんの三人で村へやって来て、小さな果物屋《くだものや》さんをはじめましたが、貧しいくらしでした。

義ちゃんが意地悪だというのも、村には知った人もなく、仲好しのお友達もないので、さびしいからかもしれません。

「池田さん、もっとおとなしくしなければ、いけませんよ」

受け持ちの大山先生が、たびたびやさしく、こうおっしゃるのですが、すぐその後で、学校の垣根をこわしたり、花壇の花をふみにじったり、女の子の髪をひっぱって泣かせたり、お友達の学用品をかくしたりするのです。

二

暑い夏のある日のことでした。

夏休みの宿題を片づけて、

「八幡さまへいって来ます」

といって、義ちゃんは、とりもちのついた竿と竹籠を持って、村はずれの八幡さまへ、蝉をとりに出かけました。

境内には、杉・檜・樫などの古木が茂って、昼間も暗く、ここだけはひやりとした涼しい風が吹いていていました。

あんまり涼しいので、義ちゃんは杉の根もとに腰をおろして、ひと休みしました。「ミンミンミン」という蝉の声もいい気持ちです。

お社《やしろ》の前には、たくさん武運長久祈願の旗がならんでいます。この村からも大勢出征して、支那兵を相手に戦っているのです。

ふと、女の子の声がするので、義ちゃんはきょろきょろあたりを見まわしました。

同じ五年生の安村君子さんや村井絹代さんたちが、お社の横で、ままごとをしているのでした。

義ちゃんの悪い癖が起こりました。むらむらといたずらがしたくなったのです。

大急ぎで立ちあがり、とりもち竿を手にとってかけていくと、君子さんの頭へ、ぺたりと、とりもちをくっつけました。

そのときです。義ちゃんのおかあさんが、

「義ちゃん、義ちゃん、大変ですよ。早く帰っていらっしゃい」

と義ちゃんを呼びにいらっしゃいました。

とりもち竿を君子さんの頭にくっつけたまま、義ちゃんは、あわててお家の方へかけ出しました。

三

お家の前に軍服を着た在郷軍人のおじさんや、ご近所の人々が大勢集まっていました。日の丸の旗がひるがえり、何か、ものものしいありさまです。

息の切れるくらい、一生懸命走って帰った義ちゃんは、すぐにさとりました。

「やあ、おとうさんが出征だ。万歳！」

義ちゃんは大声で叫びました。すると、大勢の人々の中から、赤い襷をかけた、歩兵上等兵のおとうさんが出て来られて、

「義夫、留守をたのむよ。おかあさんを大切にね。それから、おとうさんがいなくなるのだから、いままでのような意地悪やいたずらをやめて、うんと勉強するんだよ。わかったかい」

と、しみじみおっしゃいました。

義ちゃんは、何かしら胸の中があつくなって、ぽろぽろと涙を流しました。「はいっ」と、大きい声で御返事をしようと思うのですが、声が出ないのです。

奥へかけこんで、義ちゃんは、雑記帳に何べんも何べんも書きつけるのでした。

おとうさん、きっと義夫は、いい子になります。

四

おとうさんは、この村から二百キロメートルもはなれた隊へはいるので、すぐ出発しなければなりませんでした。

旗の波と、万歳の声に送られて、おとうさんは出発しました。義ちゃんは、おとうさんのお手をしっかりと握って、大声で、『勝って来るぞと勇ましく……』と歌って歩きました。

もうお別れの村境《むらざかい》の峠にさしかかったときです。

ふうふうと息をはずませながら、君子さんが、義ちゃんのとりもち竿と竹籠を持っておっかけて来ました。

「義ちゃん、忘れものよ」

君子さんは、にこにこと笑っていました。

「君ちゃん、ごめんね」

義ちゃんは、生まれてはじめて君子さんにあやまりました。

「僕、これから、ほんとに、いい子になるんだよ」

「義ちゃんのおとうさん万歳！」

君子さんが叫びました。おとうさんの勇ましい姿は、峠の道にだんだん小さくなっていきました。

村一番の八幡さまの杉の木のてっぺんに、おとうさんの武運と義ちゃんの前途を祝福するように、日章旗がへんぽんとひるがえっていました。

幸福

一

張《ちょう》少年はみなしごでした。

おとうさんやおかあさんや、きょうだいについては、何ひとつ知りません。子供たちがうれしそうに、おかあさんにあまえたり、きょうだい仲よくあそんだり、野良《のら》から帰ってくると、おとうさんの手にぶらさがって、夕ぐれの道を家路にいそぐありさまをみるにつけ、さびしくてかなしくてなりませんでした。けれども、張少年は「仕方がないことだ」と、あきらめていました。

そうして、毎日よそのお家のいろいろなお仕事を手伝っては、お小遣いをもらい、御飯をもらったりして、村の空屋の倒れかかったような小屋に、ひとりで住んでいました。

そんなところへ、日本との戦争が起こったのです。やがて東洋鬼《トンヤンキ》（日本軍をわるくいったことば）が大場鎮《だいじょうちん》をおとしいれたいきおいで、攻めてくるというので、村は上を下への大さわぎでした。

張少年はそんな大さわぎをぼんやりと眺めながら、「日本軍は悪者だ。あんなに村の人々を大さわぎさせるんだから」と思いました。

その翌日、村がもうからっぽになったころ、支那軍がぞくぞくと入りこんで来ました。

大砲の音がきこえ出しました。

二

村の美しい白壁づくりの家に、「抗戦到底」「東洋鬼」「焦土抗戦」などという文句が書きつけられたり、家の中の品物は、支那軍が勝手に持ち出しては、ポケットにしまいこんだり、台所のものをむしゃむしゃ食べたり、まったく平和なときに考えることも出来なかったほど踏み荒らしてしまいました。

張少年は自分の小屋にかくれて、そんなありさまを、「仕方がない」といった気持ちで眺めていました。

しかし、大砲の音がはげしくなり、弾丸《だんがん》がどこからともなく、飛んでくるようになると、支那軍はまたきた方へひきかえして行きました。兵隊の話し声によると、も少しうしろへ退って壕を掘り、日本軍と戦争するとのことでした。張少年は「それならこの村は無事だな」とうれしく思いました。そうは思うものの、おそろしい日本軍が来たら、どうされることかわかりません。心配せずにはいられませんでした。けれども、張少年は生まれたときから他人にいじめつけられて育って来たのです。「仕方がない」とあきらめて、やはり小屋の中にかくれていました。

三

その日の夕方、いよいよ日本軍がやってきました。日本軍はみんなお髭をはやして、おそろしい顔をしていましたので、張少年は「これは出て行くと、きっとなぶり殺しにされるぞ」と思って、やはり小屋の中に小さくなっていました。

日本軍はその夜は、この村で宿営するようでした。二組ばかりの斥候を出すと、ほかの兵士たちは、背負袋をおろして、あちこちに穴を掘り、飯盒で御飯をたきはじめました。いいかおりがながれて来ます。張少年はふと、ほとんど二日間あまりおそろしさに、小屋の中ばかりにひっこんで、何も食べていないのに気がつきました。するともうおなかがすいて、たまらなくなりました。ついおいしそうな御飯のかおりにつられて、ふらふらと小屋から出てしまいました。

「おや、かわいい子供だぞ」

一人の兵士が張少年をみつけていいました。ほかの兵士も、みんな口々に張少年の方を見て笑いながら話をしています。張少年にはそれが何の話であるかわかりませんでしたが、お髭の日本兵も、みんな顔かたちがちがっていて、やさしいそぶりなので、かえっておどろきました。

「来々《ライライ》（おいでなさい）」

一人の若い兵士がこういいました。

「ほう、かわいい坊やだ。おれの子供くらいだな」

一人のお髭の兵士がにこにこしながらいいました。張少年は、「この兵士はきっといいおじさんにちがいない」とすぐそう思いました。

四

日本軍の兵士は、みんなやさしい人ばかりでした。キャラメルや、氷砂糖や乾パンなどをおしげもなく、くれました。そうして抱っこしてくれたりしました。人に抱っこされるなんて、張少年は生まれてはじめてでした。それに、さいしょ思ったとおり、お髭のこいおじさんは、とてもいい人でした。ただ日本語がわからないのが残念です。その夜、張少年はそのおじさんに抱かれて眠りました。大きくてあたたかくて、張少年はうれしさに涙がこぼれ、なかなか眠れませんでした。

その翌日、日本軍は出発しました。張少年はおじさんの手にぶら下がって、ついて行こうとしました。おじさんは、こわい顔をして張少年をはなしました。

弾丸がぴゅうぴゅうと飛び、大砲の音がものすごくひびいてきます。どうして攻撃して行くのに子供をつれて行くことが出来ましょう。おじさんの心は張少年にもわかりました。そのときです。ぴゅんと張少年に弾丸があたったのです。

「あっ」

おじさんがかかえあげたとき、張少年はうす目をあけていいました。

「幸福」

そしてぐったりとなりました。それは、おそらく張少年のみじかい一生を通じて、あのたった一夜がいちばん幸福だったという意味なのでしょう。

日本軍は弾丸の中を進撃して行きます。

戦線の垣根

支那の土にうつる
こわれた垣根のかげ、
兵隊さんが二人
手にしているのは、
かわいい子供の
いたんだ写真。
おひげのある顔に
笑いがただよって、
一人の兵隊さんが
そっと呼びました。
――坊やは元気かい。
そして二人の笑い声。

戦線情景

秋風身にしむ戦線に、
破れ民家の白い壁、
めくらの〔目の不自由な〕婆さんただ一人、
そっとかくれて坐ってる。

話す言葉はわからぬが、
日本兵のあたたかい、
情けの声に婆さんは、
笑った　笑った　にっこりと。

キャラメルおたべよ　お婆さん。
少しかたいが乾パンも。

さし出す手には愛情が、
やさしくにおう日本兵。

雨雲うかぶ夕空に、
殷々ひびく砲の音。

野戦病院まで

1

日が暮れた。

ときどき、銃声がパーンパーンと、まるで忘れもののようにひびく。戦闘が終わって、もう人の顔もじゅうぶんわからない。戦い取った竹藪の中では、戦友たちが黙々と、小円匙で壕を掘っている。話し声もなく、ただざくざくざくと、ときどきかちぃんと石にあたる金属の音がするだけで、みんな露営の壕を掘っている。

僕はその竹藪の外の、クリークのあるくぼみにじっと仰向いて、自分だけが取り残されたようなさびしさにおそわれながら、片っ方の眼で空を眺めていた。

空には星があった。

負傷とは、思いもおよばぬことだった。強がりでもなんでもなく、俺は絶対にチャンの弾丸《たま》はあたらないのだ、と信じきっていたのであった。こんな妙な自信は、たいていの兵士が持っている、信仰に似たような気持ちなのである。だから、僕は何かしら、その信仰が裏切られたように腹だたしい思いがした。

それに、仲間がみんなそれぞれに、自分の寝ぐらをつくっているのに、自分一人が、こうして寝ていることはまったく、心細いようなさびしさであった。兵士をつけて、後退させよ。という隊長の話なので、こうしてじっと寝ているのだが、壕を掘る作業はなかなか終わりそうもなく、忘れられてしまっているんじゃないかい、と不安な気持ちもする。

手榴弾を、チャンのまんなかに、たたきつけようとした、その瞬間、眼の前が光った。と、右の眼を何か鈍器のようなもので、なぐられたと思った。血が、ぬくぬくと頬を流れた。右の眼が痛み出した。するともう眼が痛みの中につっこまれたようにかんじた。そこで僕は、負傷したなと思うと同時に「やられた」とさけんだ。そしてむう、となった。

「誰だ」と誰かがかけよって来た。「大丈夫だ」と僕はいった。——考えてみると、なんだが芝居をしているようで面はゆい思いだったが、「眼だ」というと、その兵士は、「それは大変だ」と僕の顔をひきよせた。しかし、もうそのころはほのぐらくて、よくわかるはずはない。僕は自分で包帯をとり出して、きりきりと右眼《うがん》をしばった。痛んだ。手榴弾の破片でやられたことはたしかだった。

やがて、紅葉潟こと奥良兵蔵一等兵が、「おお、戦友どうしたぞや」とかけて来た。

いままで、かずかぎりなく戦友の負傷のさまをこの眼で見、この手で介抱して来たのだったが、いずれも悲愴だったのに、いくら考えても僕の負傷はまるで芝居のように思えた。負傷したような気持ちになれないのが不思議で、またそれがいまいましかった。

あたりはさくさくさくと、壕を掘る音ばかりである。

わが戦友、宮相撲の横綱紅葉潟も、無事であるからには、やはり壕を掘らなければならない。心をのこしたようにして、僕の横から離れて行ってから、もうだいぶ時間が流れている。

「誰だ」

うしろの方から人間が、よろよろと歩いてくるのがぼっと見えたので、僕は上半身を起こしていった。

「一中隊と違うかね」

その男はびっこをひいていた。

「一中隊ならこの右翼だ」

僕はその兵士に答えた。

「なんだ。お前さんも負傷か」

僕の白い包帯を見てとったのか、その兵士がいった。

「君もびっこじゃないか」

「うん、右足をやられたんだ」

その兵士は、割合い元気な声で答えた。そして、彼は僕のいるくぼみへ坐りこんだ。

「どうしているんだ。こんなところで」

その兵士はいう。

「いや、退るんだが、兵隊がきてくれるというんで、待ってるんだ」

僕がいうと、

「それじゃ、二人で退ろう。逆襲でもあってみろ、片眼とびっこじゃ、足手まといになるばかりだぜ」

と彼はいった。
「それもそうだが……。君は、しかしどうした」
「うん、おれは一中隊だが、ひとりで退るといって、退りかけたんだが、途中でわからなくなったんだ、道が……。どうも夜になると見当がつかん」
彼はいまいましそうに、しかしのんびりとした調子で答えた。

「二人で行けばわかるだろう」

僕はこの、なんとなくのんきな兵士が好きになり、二人で退ろうと考えた。

「おい、奥良」

低い声で奥良をよぶと、竹藪の中から大きな図体があらわれ、

「なんぞ、戦友」

といった。

「相棒が出来たから、退るぜ。隊長にいっといてくれ」

「ちょっと待ちな」

奥良はがさがさとひっこみ、何かごそごそと話している様子だったが、

「大丈夫かね」

と太田少尉が出て来た。奥良はその横にかしこまっていた。

「奥良に送らせようと思っていたんだが……」

「大丈夫です」

僕は、奥良に送らせようという語呂がおかしいので、微笑して答えた。顔の皮膚がうごいたので、きりきりと痛んだ。

「それじゃ、気をつけて」

兵士たちが、壕を掘る手を休めて、僕の方によって来た。

「気をつけて行ってくれや」

「弱ったなあ」

「早くよくなってくれや」

みんな口々にいう。

「ありがとう。よくなったら、すぐかえるよ。きっとかえるよ」

僕は、ぐぐうとこみあげてくる感情と涙をこらえていった。

「戦友！」

奥良がぽかっと、のどをつまらせて僕をよんだ。

「おお」

「大事にせえや」

「大丈夫さ」

僕は歩き出した。

2

くら闇に片眼では、まったく勝手がちがった。どうしても、右足を高くあげる。銃を杖に歩いた。夢中で、弾丸の中を進んで来ているので、樹にも道にも心覚えがなかった。しかし○隊〔○は伏せ字／以下同〕本部の位置はうごいていないはずなので、そこへ行けば仮包帯所《かりほうたいじょ》がある。そこへたどりつけば大丈夫なのだ。

五百メートルも歩いたころだった。遠くでチャルメラのようなラッパの音《ね》がした。

「なんだろう」

びっこの兵士が立ち止まった。

「チャンの逆襲だろう」

僕が答えた。

「支那そばみたいじゃないか」

その兵士はまだ戦線になれていないらしかった。

「見物して行こうか」

「馬鹿いうな」

僕はその兵士ののんきさにあきれた。

「早く行かないと、いまに猛烈に弾丸が来るぜ」

「そいつは大変だ」

彼はあわてて歩き出した。

「片眼とびっこじゃ戦争になるまいからね」

僕ものんきになって、こんな冗談をいいながら歩いた。

やがて、月が出てあたりはあかるくなった。美しい夜景だった。僕は田舎道に迷い歩いているような気持ちがした。しばらく行くと、僕のいったように弾丸が見舞い出した。ぴゅっぴゅっとあたりをかすめ、ちょうど小さな林にかかったときだったので、バラバラと木の葉を落とす。

弾丸はますます猛烈になって来た。

「これはいかん」

びっこの兵士は、ますますびっこをひいて、大きくいそいで歩いた。

高かった弾丸がだんだん低くなり、足もとにプップッと落ち出した。

「おい、頭を下げろ。腰をかがめて歩け」

僕はその兵士に注意した。

あたりは火も見えなければ、人の話し声もない。次第に僕は心細くなって来た。それに、後ろから弾丸がくるということは、何という気持ちわるいことだろう。背筋がひやひやとして、冷たい汗が流れてくる。

「うわあ、尻から弾丸に追い立てられるとは、気持ちがわるいぞ」

その兵士は、僕の注意どおりに腰をかがめ、びっこでますます歩調を早めながらいった。そのうちに、だんだん方向があやしくなって来た。

「心細いぞ」

僕が歩きながらいうと、彼も不安そうに立ち止まった。

「どうする」

彼がいったとき、ぴゅっと一発、二人の間をぬって弾丸が飛んだ。まるで、あられのように激しい弾丸だった。

「おい、見物しようか」

「え?」

彼はびっくりしたようにいった。

「仕方がない。もう一キロくらい歩いたぜ。大丈夫だ。チャンがまた逃げるまで待とう。こんな弾丸の中じゃ、危ないばっかりだ」

僕たち二人は、あたりを見た。

「あ、クリークだ」

彼がさけんだ。五十メートルばかり先に、クリークが白く光っていた。そのクリークなら、覚えがある。昼間われわれはこのクリークをずぶぬれになって渡ったのだ。

「あすこまで、何とかして行こう。あすこで観戦だ」

しかし、もうその必要はなかった。「わあっ」という軍隊のさけびがきこえた。おそらく、われわれの仲間が、あの竹藪の中で壕を利用して身をひそめ、いいかげんにチャンをひきよせておいて、突っ込んだのにちがいない。——弾丸の音もすくなくなって、僕たちを失敬にもおびやかした弾丸もとだえた。

僕たち二人は、ふたたび身体をまっすぐに起こして歩き出した。眼が痛い。

やがて、◯隊本部にたどりついた。◯隊本部では、さっきの敵の逆襲にそなえて、いつでも援護の出来るように予備隊が武装して待機していた。裸ローソクの灯がちょろちょろと燃えている。

ああ、光り。この光りを僕たちは久しく見なかった。なんというなつかしい光りだろう。僕はしばらくそのローソクを左の眼でしげしげと見た。

3

その夜、僕たちはある民家で寝た。その白い壁の民家は、かつて僕たちが夢を結んだなつかしい民家だった。そこが仮包帯所にあてられ、くら闇の中に多くの負傷兵が寝ていた。二度とこの家で寝ようとは思わなかった。右眼の包帯を手でふれてみて、僕はしみじみと戦場の味を味わった。しかし、この家もなんという変わり方だろう。僕たちの先進した後、迫撃砲に見舞われ、寝たままぽっかりと初冬の夜星がいくつものぞいているのが見えるのである。

部隊が先進すれば、また仮包帯所も前進する。ただ戦禍にうらぶれた支那の家だけが、取り残される。

僕とその兵士（灘常助《なだじようすけ》という、酒に縁のある姓名だった）は、いつか寝た台所の隣の部屋に、空所をみつけて寝た。少しでも身体をうごかせると、隣に寝ている腹部盲管の〔腹部に銃弾がとどまっている〕兵士を痛めそうだった。けれども、僕は、かつて僕が寝心地のいいように敷いた棉花（相当いたんで汚れていた）の上に横になると、眼の痛みも忘れてぐっすりと眠った。

夜半《よなか》、僕は夢うつつの中で、「軍医殿、衛生兵殿」とはらわたをしぼるような声を何度もきいた。また、夜寒の冷たい風が何度も、僕の眼を覚まさせようとした。しかし、僕は眠った。僕はあまりにも疲れていたのだ。

朝になった。

美しい田園風景だった。どこまでもつづく田畑には、白々と霜が光り、鳥が悠々と飛んでいる。すでに家の外では焚火の火が高々と燃え上がり、けむりが美しくむらさき色にあたりをこめて、何ともいえぬすがすがしさだった。

ふと、僕は横を見た。

昨夜うなっていた兵士は、まだこんこんと眠りつづけ、のどぼとけがぴくぴくとうごいている。灘常助は、僕が眼をさますのとほとんど同時に、眼をさましたらしく、「ああ」と大きくあくびした。肩章をみると、彼は上等兵で、色の白いりっぱな若者だった。彼はあくびが終わると眼をこすって起き上がった。と、顔をしかめて、よろけた。

「あ痛っ！」

彼はじゅうぶんな睡眠で、自分の負傷を忘れていたのだろう。

「おいどうした」

「あ、痛っ。忘れてたよ傷を。おはよう。昨夜はお世話になりました」

彼は壁によりかかって、ぴょこんとお辞儀をした。

僕たちの周囲も、隣の部屋も、負傷兵が寝ていた。それは実に尊《とうと》い一場面だった。髯と垢にまみれ、銃火にやつれた兵士の負傷して寝ている姿は、わが戦友ながら、尊かった。あるものは軍服の袖を切り取った上から包帯をまき、またある者は足をぼってりと白布でつつみ、血が軍服をそめている。

僕は彼らにふれないように、気をつけてその間をぬって外へ出た。

まだ遠くで銃声はしているものの、自然は平和そのものだった。葱の坊主が霜に光り、竹垣のこわれかかったのが一風情《ふぜい》である。かなたの雑木林にゆるゆるとけむりのはっているのは、砲兵隊の朝の仕度《したく》でもあろう。

「自然の姿はいいですな」

灘上等兵がいつのまにか僕の横に立ち、風景を眺めている僕にいった。

「いいですな」

「しかし、片眼じゃ、変でしょう」

そういわれれば、いかにも変だった。そして思い出したように、右眼がきりきりと痛み出した。片頬がごわごわしたかんじで、皮膚がこわばっていた。

「大変な血ですよ」

灘上等兵がいった。なるほど、なでてみると、血のかたまりで、ざらざらしている。

「貴方はどうです」

「いや、僕のは軟部貫通らしいですから、大丈夫ですよ」

僕は、昨夜の会話の調子と、今日の二人の会話の調子が変わって来たのに気がついて、おかしくなって来た。それは、昨夜は二人とも生々しい夜戦場に、たった一つのようになって、弾丸の中を後退して来たとき、何の言葉の上に戦友としての差がなかったのに、こうして明るい朝、顔を見合わせてみれば、いままでの生涯に、めぐり逢ったこともない他人どうし、ただ二人が、彼が若い上等兵であり、こちらが「召集兵殿」の一等兵であるだけの他人どうしに還元しているのが、妙に一種の感慨を持ったおかしさであった。

僕はそんな感慨の中で、前線の方からやってくる、一列の十人ばかりの兵士を認めた。先頭に来るのは、どうやら奥良兵蔵一等兵らしい。その歩き方によく似ている。と、その兵士が左手に銃をつかんだまま さし上げ、

「おおい」

と、さけんだ。

奥良兵蔵だった。なぜやって来たのだろう。そう思っているうちに、彼らの一隊がたどりついた。負傷兵ばかりだった。しかし、わが上陸以来からの戦友《とも》、わがよき女房役奥良兵蔵は、べつに負傷しているとは見えなかった。

「いよう、戦友。来たぞや」

「よく来たね」

「わりあい遠かったぞや」

「どうしたんだい」

「うん、おらも負傷しての」

平気な顔で、おおらかなほとけさまのような調子で奥良がいう。

「右の肩をやられたわい」

彼はくるりとうしろむきになっていった。なるほど、彼の右肩は軍服が破れ、血がにじんでいた。

「戦友が退って、ちょっとしてからの、チャンがラッパを吹いて逆襲して来たんじゃ。おらは射って、射って、射ちまくってやったが、手榴弾を投げこまれて、残念なことじゃわい。安田と大島が戦死じゃわい」

「ううん」

僕はうなった。安田といえばまるで少年のように若々しくみえる、色の白いかわいい現役の一等兵で、上陸以来かすりきず一つうけず頑張り通して来た兵士だったし、大島は気だてのいいおじさんといったかんじの、真面目な召集兵だった。

奥良といっしょに退って来た負傷兵は、ほとんど僕の中隊の者だった。

4

その日のお昼前、僕たち負傷兵のうち、やや軽傷のもの、独歩患者と急を要する重傷患者、約三十名が点呼をうけて、野戦病院に送られることになった。

担架兵が続々とやって来た。

僕たちはここで銃と剣を衛生伍長に引き渡した。

奥良兵蔵はどうしてもいやだと、渡すのをこばんだ。

「銃を持たん歩兵は、どう考えてもないんじゃ」

と、いいはるのである。

「持たせてやってくれませんか」

僕はその衛生伍長に頼んでやった。

「妙な一等兵じゃな」

衛生伍長は苦笑した。

「妙でもなんでもない。おらは宮相撲の横綱、紅葉潟じゃわい」

彼は後で頬をふくらませた。しかし、相手が衛生伍長であれば、一等兵紅葉潟も「一番取ろうか」とはいえなかった。

やがて出発である。

重傷兵は担架にのせられた。ぎいぎいと担架がきしった。そのたびに重傷兵は、「うう」とうなった。

灘上等兵は、まだ後に残ることになった。

「さよなら」

「さよなら。またどこかで逢いましょう」

僕は、こののんきで気持ちのよかった上等兵に別れをつげ、奥良がさがして来てくれた青竹を杖について歩き出した。

道や風景は僕の記憶にのこっていた。この道、この田畑の中を、前進して来たのである。いま、戦友たちはどうしているだろう。

「うん、おらが退って来るとき、みんな出発準備をしていたわい」

奥良にたずねると彼はこう何でもないことのように返事をした。彼はどうしたわけか、僕の横にくっついていればうれしいのだ。

「のう、おらと戦友は妙な縁じゃのう。負傷して退るのまでいっしょじゃ。おらは、けんど、戦友といっしょがいちばんええわい」

白い霜は太陽に露と変わり、うすもやにつつまれた美しい自然は、生々しい戦場の相貌をあらわしてくる。

支那兵の死体はあちこちにころがり、耕された大地には幾条も幾条もの、敵の塹壕が生々しく口をあけていた。このところで何人傷つき、何人死んだか。僕は戦いの場面の記憶を思いおこしては胸いたむ思いだった。

「あ、あれは……」

クリークのうねった対岸に、大ぜいの兵隊がうごき、担架をかついで往来しているのをみて誰かがいった。もうそのあたりは、僕たちの記憶にはない風景だった。

「蘇州河《そしゆうがわ》敵前渡河《とか》の、戦死者の死体を収容しているんですよ」

担架兵が答えた。

「激戦だったらしいですよ」

第一線へ出たことのないのが残念そうに、ほかの担架兵がいった。

片眼で、杖にすがって歩くのは苦痛だった。細い畔道や、クリークの細い橋を渡るたびに、足をはこぶ見当が狂って、ころびそうになった。それに、風景なども平面に見え、なんとなく調子がわるく、一歩ごとに眼にひびいて、眼が痛んだ。

「まだ相当ありますか」

僕は、銃をかついでしゃんしゃんと歩いて行く奥良兵蔵を、うしろからいまいましく眺めながら担架兵にたずねた。もう六キロや七キロはこうして歩いて来たと思われた。

「さあね。もうあと四キロくらいでしょう」

担架兵はむぞうさに答えた。

「まだ一里もか」

僕はうんざりしてつぶやいた。

「いよう、戦友。えらいのかや」

奥良がふりむいていった。

後方部隊の露営しているあたりに来ると、兵隊たちが僕たちを取りまいて、煙草をくれたり、キャラメルを見舞い品に贈ってくれたりした。彼らは前線の模様をきこうとして集まってくるのである。

「痛むでしょうね」

彼らは自分自身が痛そうな表情をしていう。

「どこの部隊ですか」

「では、貴方の隊に中野高吉《たかきち》という一等兵いませんでしたか」

「お大事に」

「前線は大変ですね」

ようやく昼すぎ、僕たちは、野戦病院に到着した。

そのあたり一帯はこんもりとした雑木林や、竹藪でおおわれた少部落で、その民家が病舎になり、薬室になったりしているのだった。

「ああ、やっとついた」

担架兵は、静かに担架を地におろした。

「ああ」

重傷兵が、苦痛のうなり声と吐息をいっしょに洩《も》らした。僕の額にも、苦痛のあぶら汗がういていた。

雑木林の中心に赤十字の旗がひるがえっている。

5

ここでは兵器、防毒面などを、ちゃんと預けなければならなかった。

奥良は、しぶしぶ銃を渡した。

「こいつはようやってくれたがのう」

彼は、銃が倉庫のような中に、番号札をつけられて格納されるのを、名残《なごり》おしげに眺めてつぶやいた。

新来の患者たちは、それぞれそこらで休憩した。負傷兵にとっては、相当手ごわい行軍だった。みんな疲れの色をみせて、黙り込み、歯をくいしばって、傷口をそっと押さえている兵士もいた。

しばらくすると、天幕《てんまく》の下で受け附けがはじまった。それはみんな兵隊の仕事ではあったが、手続きなどはやはり内地の病院と同じことだった。僕は何かしらそんなありさまをユーモラスなものとかんじた。

「のう、戦友。いっしょにいようぞや」

奥良が心細そうにいった。

「傷はどこだい」

衛生兵の質問がはじまると、奥良兵蔵は困ってしまうのである。彼は、自分の原籍も、負傷した場所も、なんにも書けない。ただ、へどもどするばかりなので、やはり僕がいないと困るのである。

小さな伝票に記入されると、病舎がわりあてられる。

僕は奥良といっしょの部屋だった。また、いっしょに退って来た連中は、同じ部屋だった。病舎といっても、それは支那の民家で、いままで僕たちが起き臥《ふ》しして来た第一線のねぐらと大した相異はなかった。ただ小綺麗で、毛布が給与され、薬や手当ては十分され、食事はちゃんと行き渡る。こんなところくらいが変わった点だった。家そのものは、やはり、支那の家なのである。

その部屋は、八畳敷くらいで、仲間は十六人だった。同じ郷里で、同じ部隊の者だけなので、土地の言葉をあけすけに出すことが出来、何の気苦労もいらなかった。

負傷兵たちは、それぞれ陣地を確保して、自分の寝床を居心地のいいようにつくろった。手や足の不自由な仲間には、手伝ってやった。

われわれの病室の前、青い初冬の空の下で、軍医の診療が行われ、それが終わると何もすることがなかった。

久しぶりに、うまい米のめしを――それはやはりクリークの水で炊かれたものであったが、ちゃんと科学的に濾過されて美しい水となっているので、白い白いめしであった――うんと食い、眼はたるんで、眠くなるばかりである。

誰も、のうのうとした様子で、傷のいたまぬようにして寝ころび、おしゃべりをつづけるのであったが、そのおしゃべりも、いつの間にか、すうすうと寝息にかわってしまった。

僕の横に陣取った奥良も寝てしまった。

僕は、こうして横になり、片眼ですすけた田舎の家のような天井を眺めて、ただぼんやりとしていた。うらぶれた気持ちで、さまざまな戦線の記憶をくりひろげ、変に興奮したようで、眠れなかった。

隣の病室は、重傷兵の病室らしく、苦しいうなり声がときどききこえた。

やがて、あたりは次第にうすぐらくなり、一帯の家々が静かに、うすもやの中に沈みこんで行く。

「ほう、みんなよく寝てるな」

食事をはこんで来てくれた衛生兵がいった。

「疲れているんですよ」

僕がいうと、

「おや、貴方は眠っちゃいなかったですか」

と人の好さそうに笑った。

「誰でも、軽傷の人は着いた一日というもの、そりゃ、よく眠りますよ。それにつけても、第一線がどんなに苦しいのか、よくわかりますよ。それでも、野戦病院勤務もえらいですね。あまり忙がしいので、患者さんの苦労をつい忘れて、強くあたることもありますが、それはおれたち、じっさいほとんど一日三、四時間くらいしか眠らぬほど、忙しいせいなんですよ。悪く思わんで下さい」

相当年配の、肩章に星一つの補助衛生兵が、諒解を求めるようにいった。

「いや、なんの。これで極楽ですよ」

僕はしみじみと答えた。

「おーい、起きな。みんなめしだよ」

患者たちは、眼をさまして元気に起き上がり、傷のいたみに顔をしかめる。

夜が来た。

患者のうなり声のほかに、遠く遠く砲声が、まるで記憶の底にある雷の音のようにきこえるだけだった。

暗い闇の中で、戦争の音もしないところで眠るのは、何かたよりない手持ち無沙汰なかんじだった。しかし、僕たちは、ほんとうに心から安心して眠った。

夜中に、奥良が大きな足を、どしんと僕の腹の上に持って来て、僕は何度も眼がさめたが、またすぐ、ぐっすりと眠った。

6

朝が来た。

冷え冷えとした空気に、ぶるんとふるえて眼がさめた。

仲間たちはもう起き出して、不自由なからだで焚火をしていた。

奥良はどこへ行ったのか姿はみえず、僕が起き上がると、

「寝言をいってましたぜ」

と顔の右半分を包帯でつつんだ、河崎という、村で収入役かなんかをしていたことのある伍長が笑った。

「冗談を……」

僕が起き上がると、前に寝ていた島崎一等兵が、

「うわあ、ぐっすり寝たよ。うんと寝たよ」

と大切そうになくなった左の手首の包帯を右手でそっと持ち上げながら、起き出した。それはとてもうれしそうな、満足したような声だった。

そんなところへ、奥良が帰って来た。手に菊の花を持っていた。もうそれは霜にいためられ、枯れかかった菊の花だったが、まだその匂いは、とりどりの色は残っていた。

「どうじゃ」

彼は得意そうにその花束をふってみせた。傷兵たちは菊をあかずに眺め入った。

「いい匂いだ」

年長の河崎伍長が包帯した鼻先に持って行った。

「さあ、めしだぜ」

衛生兵が朝のめしをはこんで来てくれた。

「おはよう。ここは誰も靖國神社へはいかんざったね」

額にふかい皺のある昨日の年配の補助衛生兵が笑った。

「そら、なんのことですかい」

奥良が汁の分配をうけながらいった。

「死んだものがないちゅうことです」

その衛生兵が答えた。

僕たちはめしを食い、故郷のはなしや、手柄ばなしに打ち興じた。診療は一日おきで、その日は包帯交換があるだけだった。しかし、みんな気が楽になり、身体がやすまったせいか、傷の痛みを強く覚え出したとみえて、そのことを口にした。僕の眼も痛んだ。平気な顔は奥良だけだった。

「おらの傷は、手榴弾のかけらが骨の下側にはいりこんどるとぞ」

彼はこういって、左腕をもたげて顔をしかめてみせて笑った。

包帯交換も終わり、昼めしも終わって、僕はぶらりと病室を出た。クレゾールやそのほかの薬品の匂いがする民家の壁によりかかつて日なたぼっこをしている負傷兵や、馬の手入れをしている病院附きの輜重兵がいた。

受け附けのところまで出てみると、兵士たちが二列横隊になってならび、銃や剣や防毒面などの配給をうけていた。傷がよくなって原隊に帰る兵士たちである。ふたたび前線へかえる兵士たちである。

もうわれわれの仲間もだいぶ進んでいることだろう。僕はそのたくましい二列の兵士たちを見て、戦友たちのことをしみじみと思った。なんだかすまない気持ちだった。しばらく僕はそこにたたずんで、銃を持ち、軍靴をふみならして出発して行くのを見送った。

その原隊復帰者と入れかわって、負傷兵の一隊が到着した。

「おっ」

「ああ、貴方ですか」

棒切れを杖にした灘常助上等兵を、僕はその中にみつけた。

「やあ、案外早く逢いましたね」

僕がいうと、

「ああ、早かったですね。けれども、来るまでほんとに大変でしたよ」

と彼は血のにじんだ足を動かしてみせた。

その日の夕方、奥良兵蔵はどこからか、支那兵の銃を一挺ひろって帰った。

「兵隊が銃を持っとらんのは、どう考えても妙じゃからのう。まあ、おらは患者じゃ。チャンの銃でがまんしようぞ」

こういって彼は笑った。

病院日記

上海兵站病院

十二月〇日

寒い。ぞくぞくと冷える。夜明け方、雪が降ったそうだ。

便所に行くとき、両眼《りょうがん》を白い包帯でつつんだ兵士が、看護婦さん二人に助けられて、階段をのぼって行くのにあう。僕は祈るような気持ちで、そのうしろすがたをみる。

十二月〇日

看護婦さんがにこにこしながら、僕のところへやってくる。Aさん、丸顔でやさしい若い看護婦さん。

「面会ですよ」

という。僕——へえ。

みると、従軍記者だ。上海《シャンハイ》の病院で面会など、ありがたいかぎり。社の渡邊健蔵君だ。「田知花《たちばな》さん（大毎・東日上海支局長）が、よろしくとのこと。貴方の通信、たしかに社へ送ったとつたえておいて下さいって。同僚が二人死にましたよ。これから、南京《ナンキン》へ行くんです。これはおみやげ……」

渡邊君の黒い顔がやせて、しわがふかい。寝台の上へ、羊かん、パイナップル、リンゴ、煙草など、リュックサックからとり出される。

ありがたい。ありがたい。

見送って、涙がこぼれそう。

僕が戦場へ持って来た唯《ただ》一冊の本、シャルル・ルイ・フィリップの「若き日の手紙」——岩波文庫本——をよむ。一つの手紙だけ。みんなよんでしまうのが惜しい。

じっさい、いい本がよみたい。じっくりと、いい本と四つにくんで、よみたい。

夜、まっくらの中で、演芸会。

十二月〇日

看護婦のＢさん。せいの高い人。

「貴方は新聞記者だったんですの」

そのとおり、僕は社旗もまくらの下に敷いて寝ている。

橋本久雄に手紙をかく。

――本がよみたい。本がよみたい。

十二月〇日

「私の弟が出征しているんですの」

長崎なまりで看護婦のＢさんがいう。

「その弟が負傷して、この病院へ来たんですよ。まるでお芝居みたいでしょう」

『報知』かどこかの人が来て、写真をとって記事にしたという。

「もう少し、早く僕に知らせて下さればよかったのに」

「でも、貴方が新聞記者ということ、知らなかったんですもの。今度から、何か変わったことがあれば知らせますわ」

女のことば、女の姿勢。女の髪。

病室というのは、広い大きな部屋。患者は軽傷ばかり。雑居。夜になると、敵の飛行機がくるので、まっくらやみ。その中で、働く女性。

夜中に、苦しむ声。

「看護婦さーん」

「はい、はい。いまいきますよ」

ありがたい日本の女性。

十二月○日

写真を、病院附きの軍属にたのむ。僕が撮ったもの。検閲が必要なので、上海支局へ送ってもらうのである。

内地へ還送される兵隊十五名。

僕の戦友。

「なにか。家へいうことでもない？」

十二月〇日

僕の隣の土佐の兵隊、内地還送ときまる。

「おれはいやだ。病気などで内地へは帰れん。しょうまっこと帰れん。軍医殿にたのんでくる」

十二月〇日

上海合同新聞が掲示されてある。それによると、僕たちの部隊も、ずいぶん遠くへ行ってしまった。みんな無事かしら。

「どうもいろいろお世話になりました。原隊へ帰ることになりました」

僕といっしょに退って来た若い現役兵があいさつにくる。

「みんなによろしく」

なんとなく、うらさびしい気持ちである。門まで送って行く。二列に、もう軍装も凜々しい兵隊がならんでいる。看護婦さんも見送る。患者も見送る。万歳、万歳！

「元気で」

「お大事に」

涙がこぼれてくる。


蓄音機が到着したという。広場へききにいく。音楽、美しい音楽がききたいと、どれほど願ったことか。いまそれがきける。陽だまりできく。流行歌だった。がっかりして帰ってくる。

十二月〇日

軍医。——内地へ帰って養生《ようじょう》しなさい。

僕。——しかし……。

日は未定。おちつかない。いまも第一線で苦労している戦友にすまぬ気が一ぱい。

十二月〇日

「お別れですわね」

看護婦のCさん。小さな若い人。

「お世話になりました」

「お便り下さいましね」

とBさん。

ずらりと、内地還送の患者がならんでいる。午後二時、自動車がくる。のりこむ。

「さよなら。お大事に」

——原隊へ帰る兵隊と、内地へ還送される兵隊と。なんというちがいだろう。

門を出る。揚樹浦《ヤンジッポ》を走る。馬と兵隊とまぐさとでうずまっている。街。記憶にある街である。

進撃した街である。曇った空、印度人《インドじん》の巡査が、くろい顔で、ターバンを巻いて、

「グバイ」

と手を挙げる。イギリスの国旗のある建物の前に、イギリスの兵隊。

「小面《こづら》にくいぞ」

一人の患者がいう。

碼頭《マトウ》〔埠頭〕につく。すっかりかわっている碼頭、もうほとんど平時の姿だ。

白い病院船にのる。看護婦さんが荷物を持ってくれる。船底の病室。新しい病衣が渡される。やはり黄浦江《こうほこう》の水はきたないが、名残おしいかんじ。藁ぶとんの上に、毛布、ふとんが豊富で、あたたかくて、汗ばむくらい。

七時出帆とのこと。

甲板へ出てみる。

夕ぐれで、フランス租界は明るい。美しい。船が往き来している。なにか不思議な気持ち。

この船の看護婦さんも親切。おばさんのような看護婦さん、若い患者に、

「さあ坊や、内地でゆっくり養生しましょうね」

若い患者、苦笑。それでも、しみじみと胸にひびいているらしい。うつむいて、くちびるをかんでいる。

夜、ラジオ。

十二月〇日

僕は患者のうち誰もしらない。フィリップをよむ、右の眼――いたむ。

甲板に出ると、まだ海は黄色い。この海を来て、またかえる。こんな姿で、ちょっとほろりとする。

鳥がとんでいる。

十二月〇日

玄海灘では看護婦さん船酔い。

もう内地、海の水が美しい。左手に、雪で白い済洲島がみえる。といったときの、何かぞくぞくするかんじは、内地が近づくにつれて、いよいよ大きくなってくる。内地へかえるというれしさを、戦友のことを考えろと、たしなめる。

海峡を船は走る。

ああ、日本の松、日本の家、日本の土、日本の船船船――。船から、船員たちが日の丸をふって、叫ぶ。

「ありがとう」

どうもいけない。またしても涙がこぼれそうになる。

日本、日本、内地、内地、平和な姿。何もかもが、ちゃんとある。焼けた家、くずれた家、死体、壕、ものすごい音、そんなものは、何もない。不思議にさえかんじる。

門司《もじ》上陸。

ずっと、国防婦人会のひと、水兵さんがならんでいる桟橋。国防婦人会の人は泣いている。

水兵さんが『頭《かしら》ァ右！』胸がせまる。日本の土をふんで、日本の人情にふれて、胸がせまる。

眼がしらが、あつくなる。僕は下をむいて歩く。おもはゆい。はずかしい。

バスで小倉へ。小倉の陸軍病院へ行く。

道に、人が止まる。お辞儀。小学生が帽子をとって、バスのうしろから敬礼。

「ありがたいなあ、戦友」

一人の兵士が眼に涙をため、顔をゆがませていう。

「いいや、あたりまえですよ。皆さんの御苦労のおかげですもの」

運転手が、バックミラーの中で笑っていう。

病院着。

ああ、電燈がついている。

見舞いの人々。奉仕の人々。

「兵隊さん、何か御用はありませんか」

とりあえず、社の小倉通信部へ通知してという。

夜、興奮して眠られず。

小倉陸軍病院

十二月〇日

日本の土を踏んで二日目、〇〇分院に移る。小倉通信部の竹之内君が昨日たずねてくれたが、これもありがたい話。綿入れの病衣を着て、人のこころがあたたかい。

十二月〇日

広い広い病室。いままでの快晴つづきが変わって、ずっと曇り。いかにも日本の冬の日らしい空もよい。ここの病室でいろいろとめんどうをみてくれるのは、小学校の先生と子供たち。

子供はみんな女の子で、食事の世話や掃除にいそいそとうれしそうだ。社の西部総局長藤井公平氏、また本社から見舞金をくれる。竹之内君が持って来てくれたもの。ありがたいと思う。また西部総局の楠五郎氏から、ていねいな手紙。――何かと不自由なことだろうから、遠慮なくいって下さい。出来るだけのことをします。まったくありがたいきわみ。

十二月〇日

竹之内君が『改造』と『中央公論』を持って来てくれる。文字、活字に飢えていたので、実にうれしい。あちこちとむさぼり読む。

×

橋本久雄に手紙をかく。――僕の兄が負傷して行ってる東京の病院を見舞ってやって下さい。

東京に知己のすくない兄、よろこぶことだろう。

×

子供に急須と茶の葉を買って来てもらう。大ぜいの白い患者の中で坐って、僕はひとり茶をすすり、本をよむ。何かしら生活がひらけて来たような気持ちである。

いずれにしても、戦争を体験して、素直になっている僕を発見する。――人を殺して帰ったのだから、君と逢うのがこわい。橋本がこんな愉快な手紙をよこしたが、その反対。僕は大へんモラリストになっている。慰問の客に冗談もいわない。いや、手柄ばなし一つしない。じっさい、端正な生活がしたいのである。

十二月〇日

みんなこの間、内地へ帰ったばかりの患者である。このころから故郷からの郵便物がどっと押しよせてくる。

衛生兵が表書きを読み上げる。みんなわいわい雑談をしていた連中は、さっと静かになって耳をすませる。

「おい、静かにしろ」

ちょっと、誰か話しているとすぐこれだ。全神経を耳に集め、故郷の便りを待ちわびている姿勢は、なみだぐましい。

×

夜は、たいてい娯楽会。兵隊はどうしてこう、娯楽会が好きなのか。

十二月〇日

僕は日本へ帰って、傍観者の立場に立っている自分自身を発見する。それは、僕が下積みながら新聞記者であること、あわれな文学青年であること、さらに名もなき詩人であるゆえであろう。戦場では、孤《ひと》り高くしては生きて行けない。しかしこうして病室にい、渋い茶を急須にいれてのみ、読書の可能な日夜を送るようになれば、単なる一等卒でない、自我をとりもどしてくるのであろう。この推移はたしかに、われながら面白いと思う。しかし戦場での収獲も実に多い。それは単に戦争を体験したというだけのことではない。精神的な収獲がたしかにあるのだ。

いま僕は貪欲なまでの読書欲を持てあましている。本が読みたい。実に本が読みたい。こうした意欲がまるで本能のようにたかまって来たということ、これなども大きな戦争で得た収獲の一つであろう。読みたいということが、いまは僕の考えの中心であり、

事変前と現在の間の、頭の中のブランクを、つづりあわせようとあせっている。もちろん動物的な欲望——日本へ帰ってから、起こって来た——がないわけではない。好きなビールがのみたくないわけではない。一夕清遊《いっせきせいゆう》したい〔一夜の風流な遊びをしてみたい〕と考えぬではない。けれども、この知的な貧困がさらに苦痛なのである。

×

先生にパール・バックの『大地』を買って来てもらって読んでいる。

×

戦場で読んだシャルル・ルイ・フィリップ。

『大地』の主人公王龍《ワンルン》が大地を愛するように、僕は書物を愛する。

十二月○日

昨夜のあたたかさにくらべて、ひどく寒い。曇り空からは霰《あられ》がふり、小雪もまじっている。患者たちは室内で放談し、子供と戯れている。美しい風景ではあるが、ちっと僕にはうるさすぎる。午前中、二、三の評論を読んだだけである。

きょう着くはずの「大阪毎日徳島版」に、僕の手記の第一回が載る計算になるので、それがまちどおしい。戦線や真如《しんじょ》〔真茹とも書く〕の病院で書いた『上海戦線の余韻』〔『一等兵戦死』に収録〕は好評だったらしい。

×

東京でぽつぽつと傷を癒している兄のところへ、今村瓏《あきら》にいってもらうことにする。永易《ながやす》道政《みちまさ》にもたのみたいが住所がわからない。牧久彌《まききゅうや》も行ってくれるだろう。

×

丸尾健二から手紙。この僕のよき愉快な友人に、三人目の赤ン坊が生まれたという。何かいい名前をつけてやらずばなるまい。この赤ン坊のことでも考えて一日送ろうと思う。

十二月○日

北支に関する評論二、三を読む。戦後について考えさせられること多く、自分がその渦中にあるだけに、そのことに対する関心がふかめられる。

いうところの、戦時体制下の町や村の小さな人たちの生活、その後のうどん屋や、駄菓子屋や、まずしい八百屋《やおや》などはどうなっているか。国際関係、こいつがさっぱりわからない。――つまらないことを考える一等兵。

×

今日は『大地』第二部を読了し、つづいて第三部にうつり、その半分を読む。

×

今日の午後のことを書いておこう。戦傷病兵慰問というので、浪花節がきた。患者は白い病衣でならび、おもしろそうにきいていた。僕もきいたが、浪花節のほんものをきくのはこれで

二度目。さいしょは子供のとき、父につれられてきいた。なにしろきいていてたのしいものではない。苦痛に歪んだような表情で、苦しそうな声を出して、封建的な義理人情に、われとわが身を溺らせながらうなっているのは、いかにもナンセンスである。

×

戦場での苦労を忘れないこと。おのれを鞭うつこと。これは僕の修身教科書。

腐乱した死体とか、クリークにあおぶくれた支那兵とか、まっくろな蠅とか、土の上のうたたね、死体のにおい、行軍のどろま

みれ、弾丸のくる戦闘、戦死、そんなことを思い出して、心をひきしめること。

×

夜に入って、電燈の下で（ああ、電燈の光りよ）、戦争小説を考える。こんな空想はたのしい。戦争が終わったら作品を書くこと。

十二月〇日

小倉を出発、善通寺に向かう。善通寺の陸軍病院に転送されることになったのである。同室の患者や、係の衛生兵が見送ってくれる。なじみになった小学校の先生や、子供たちの別れが、涙っぽく身にしみる。

小倉駅では、小倉通信部主任の伊藤さん夫妻と、小倉の販売店の中村氏夫妻が見送ってくれる。

夕方、別府着。

旅館で温泉に入る。たいへんなもてなしぶり。うれしい。別府から船で高松へ。船へは別府通信部の小野氏が見舞って下さる。

十二月〇日

高松から汽車で善通寺へ。畳を敷いた特別の客車。駅々で、町や村の人々や子供、泣いているおばあさん。窓から、みかんやせんべいを贈ってくれる。

「ありがたいなあ」

ある兵隊は涙ぐんでいる。

善通寺着。

善通寺陸軍病院

一月一日

何度も、善通寺通信部の井元君が来てくれる。おかげで読むにも苦労しない。どんどん本を持ってきてくれる。

×

二、三日前、餅をつく音をきいたが、正月である。
同室の患者たちは、胸をふくらませている。昨夜の副食には、そばが入っていた。

×

餅、にしめ。お正月のお料理。白い病衣を着てお正月。

戦線では、みんなどうしていることか。

×

おひるすぎ、父が面会にくる。

久しくみなかった顔。白髪。何もかけぬ。

一月○日

病室の隣に交話室というのがある。

そこで、R一等兵がそろばんをはじいて帳面に何か記入している。

「どうも家内では商売になりませんや」

彼は笑う。

「よみ上げてあげましょうか」

と僕。
白い病衣にそろばんは面白い。
×
戦線以来、手紙の代筆は数百通に達したろう。きょうは三十通を代筆。

一月〇日

空の色の美しさ。
雲というのはこんなに美しいものか。

一月〇日

川柳《せんりゅう》みたいなものを書いてみる。
　担架にて ちんばも殿様気取りなり　〔ちんば＝片足が不自由な状態〕
片足の0上等兵、苦笑。

「それじゃこれはどうだ」
と示したのは、
　松葉杖放して立てたと手をたたき
O上等兵、涙ぐんでしまう。
×
朝、廊下の打ち水が凍っていた。便所へ行った松葉杖のS一等兵、すべってひっくりかえる。

「ああ、この足が！」
唇をかんでいた。

一月〇日
西川徳島支局長来訪。
社からの見舞金を渡される。まったく、ありがたい話だ。

×

家から小包《こづつみ》が来る。

玉露が入っている。羊かんあり。久しぶりにうまい茶をのみ、羊かんを食べる。同じつつみの中に、ドストエフスキイ、ゾラ、フロオベル、モオパッサンの本。

一月〇日

ふるさとというものは、なつかしいもの。近く、徳島の病院へ転送されるという。なんだか馬鹿みたいにぞくぞくする。

一月〇日

遂に徳島へ帰ることにきまる。

徳島へ帰ると、郊外散歩が出来るという。いろんな人に逢える。いろんなものをみることが出来る。

今夜は、ふるさとの夢をみてやれ。

跋（故橋本久雄の書簡）

（前略）君の上京中、種々御厄介をかけて相すみません。皮肉に非《あら》ず。今だから言うが、自宅が移転間際だったし、財布は唸っていたし（空腹でね）君から出京電報を落手した時はサッと顔色が蒼ざめた。この愁嘆場に朋《とも》遠方より来《きた》るでは泣きッ面に蜂のありさま、この才子いかに切り抜けましょうや、興味津々たるもんだったが、どうにか糊塗して君を六日に東京駅から送り出し、「まあ、よかった」と独り頷《うなず》いた次第です。

そんなわけで僕としても思いきり歓迎したとは義理にも云えぬし、君の方でも不満の点が多々益々あるだろうと推察します。けれども僕としてはあれで精一パイだった。四百四病の病いより貧ほどつらきものはなしとは、曠古《こうこ》の〔前例のない〕金言なるかな。「東京の奴らは案外冷たい」と言われやしまいかと思ってビクビクしています。冷ややかだと評されればその通りで、弁駁〔反論〕の仕様もないが、これを理知的と解釈してもらいたい。東京のヤツラは朝から晩まで他人に喰われまいと目を皿のようにして気をくばっているから必要以上に理知的になるのです。誰でも自分で厭《いや》がっているが、この不愉快な代物《しろもの》は処世必需品だからどうも改良に改良の重ねようがありません。せっかく君が生きて上京したのだから、もっと盛大な歓迎会をしたかったのですが、我々世話人が微力なので策の施《ほどこ》しようがない。

盛大な歓迎会は故郷で満喫していようからと勝手な理屈をつけました。それに我々は「西部戦線異状なし」の一節、ポールが帰還してくると町の人々が歓迎して乱痴気騒ぎで戦場の事を色々と訊《たず》ねる、ポールはただ口をつぐんで、沈黙を続けるのみ。あの描写を小林秀雄氏も真実として推奨しているのを知っています。

西は西、東は東。戦場は戦場。（中略）私たちはいくら君から説かれても戦争のリアルは解《わか》らない。あれこれと想像したり補足してみたりするのですが、結局戦争の実体は把握出来ません。（中略）この混乱した我らの姿は戦場から帰って来た君には可笑《おか》しく奇妙に写ったろうと思います。そして僕には戦場から帰って来た君がいささか風変わりな姿と写った。（中略）しかし君の戦話《いくさばなし》には僕の詩心に響いたものが随分ありました。『薄暮攻撃』なんて軍隊語は、この表題で一片の詩を書きたいほど美しい字句だと思います。もちろん書きたくとも僕には詩は手に負えないけれど。墓前の玉葱などは君の詩の領分だ。（中略）君のノートブックには銃後で寝ころんでいる奴には読んでも解らぬ純粋の戦争詩が秘められているでしょう。戦場を馳駆《ちく》して〔走り回って〕戦争の辛苦を嘗《な》めたのは幸福だと当方で申せば、君は苦笑いでしょう。しかし押せば通用しそうな論法だと思う。

小説家の求める物の重大な要素が人間性であるからは、小説家の黄金郷《エル・ドラドウ》は金殿玉楼中〔美しい宮殿の中〕に在《あ》らずして、（中略）戦場に発見されるかも知れません。君がせっかく小説家の理想郷《ユートピア》に飛び込みながら手を空《むなし》うして引上げるというテはないだろうと思うが、いかが。銃剣とキャメラを愛した詩人よろしく長篇小説を書き下ろすべし。一気に書き上ぐべし。速座に出版すべし。そして僕に戦地土産として一部寄贈すべし。これぞ、天いまだ益二の屍を異郷に曝《さら》さしめざりしオボシメシに報《むく》ゆる唯一の途《みち》なりと知るべし。

僕が君に言える言葉は、これ以外に何一つありません。（中略）この得がたい実験を、他の兵隊さんと同じように、歳月の塵《ちり》に埋もらせて忘却の彼方へ流すのは、職掌柄、許されますまい。（下略）

橋本久雄

◇著者◇
松村益二（まつむら・えきじ）

大正2（1913）年、徳島市に生まれる。

文化学院文学部卒業後、徳島日日新報社を経て、昭和11（1936）年、毎日新聞社に入社。

昭和12（1937）年、支那事変に応召され、昭和13（1938）年、応召解除。同年 10 月には『一等兵戦死』が春秋社から刊行され、同書は昭和13 年上期の直木賞候補となる。

昭和19(1944)年、従軍記者としてビルマ戦線へ派遣、昭和 21(1946)年に復員。その後は、徳島新聞社編集局長、徳島日本ポルトガル協会理事、四国放送代表取締役社長などを歴任。

昭和59（1984）年、腎不全のため逝去。享年70。

他著に、『復刻版・一等兵戦死』（ハート出版）、『モラエスつれづれ：松村益二随筆選』（モラエス会）などがある。

復刻版　薄暮攻撃

令和元年6月30日　　第1刷発行

著　者　　松村益二
発行者　　日高裕明
発　行　　株式会社ハート出版

〒171-0014 東京都豊島区池袋 3-9-23
TEL03-3590-6077 FAX03-3590-6078
ハート出版ホームページ　http://www.810.co.jp

ISBN978-4-8024-0082-4　印刷・製本 中央精版印刷株式会社

［復刻版］一等兵戦死

日本軍兵士が語る 支那事変における最前線の真実

ＧＨＱによって没収・廃棄された幻の作品が復活。
昭和 13 年に刊行され、直木賞候補となった名作。

松村益二 著
ISBN978-4-8024-0064-0　本体 1500 円

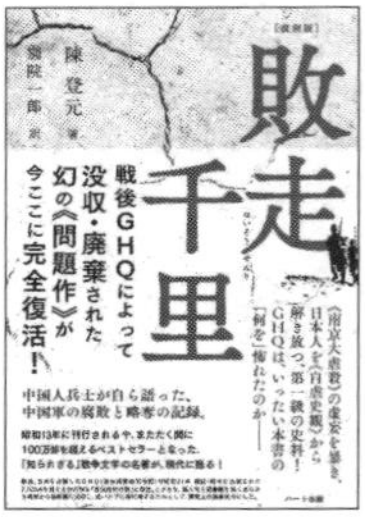

［復刻版］敗走千里

中国軍兵士が自ら語った腐敗と略奪の記録

ＧＨＱによって没収・廃棄された幻の作品が復活。
昭和 13 年に刊行された 100万部超のベストセラー。

陳登元 著　別院一郎 訳
ISBN978-4-8024-0039-8　本体 1800 円

竹林はるか遠く

日本人少女ヨーコの戦争体験記

終戦直後の朝鮮半島で、日本人引き揚げ者が味わった過酷な体験。アメリカで中学校の教材になった本。

ヨーコ・カワシマ・ワトキンズ 著　都竹恵子 訳
ISBN978-4-89295-921-9　本体 1500 円

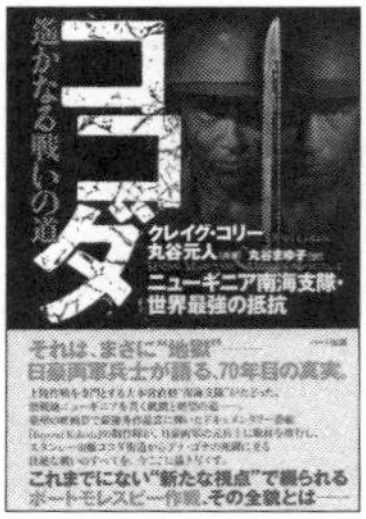

ココダ　遥かなる戦いの道

ニューギニア南海支隊・世界最強の抵抗

これまでにない“新たな視点”で綴られる
「ポートモレスビー作戦」、その激戦の真実とは——

クレイグ・コリー／丸谷元人 共著　丸谷まゆ子 訳
ISBN978-4-89295-907-3　本体 3200 円